KB121522

죽지 않고
어른이 되는 법

장편소설
강지영
어른이 되는 법
죽지 않고

차례

프롤로그	7
1회 차 이해할 수 있을까	18
2회 차 감당할 수 있을까	30
3회 차 용서할 수 있을까	65
4회 차 책임질 수 있을까	121
5회 차 복수할 수 있을까	179
6회 차 사랑할 수 있을까	194
7회 차 어른이 될 수 있을까	227
작가의 말	252

프롤로그

내가 죽자 세상이 멈췄다. 비유가 아니다. 꾸준히 관찰해본 결과, 내가 숨이 멎은 순간을 기점으로 세상은 움직임을 멈췄다. 그러고는 달칵, 전원 내리는 소리와 함께 태양이 꺼지며 사물은 3D에서 2D로 변했다. 곧거나 휘거나 동그랗게 말린 선들은 유심히 보지 않으면 본래 무슨 용도였는지 기억나지 않을 만큼 낯설었다. 옆에 누가 있다면 헐, 나 이번 생도 종말 엔딩임? 이라고 묻고 싶지만 늘 그렇듯 나는 혼자였다. 그래서 잉크가 물에 섞이듯, 비행운이 바람에 흩어지듯 테두리만 남은 도형들이 스르르 사라지는 걸 묵묵히 바라봐야 했다. 너구리가 물에 녹는 솜사탕을 쳐다보는 것처럼.

얼마 지나지 않아 세상은 광활한 암흑 공간이 되었다. 별과 달, 인공위성도 보이지 않는 어둠의 평원에 의식만 남아 있다. 외로움, 고립감, 공포, 슬픔 같은 감정은 사망 1, 2회 차까지만 겪었다. 그 후론 마치 연패한 게임 유저처럼 분하고 약이 올랐다. 어떻게 여섯 번이나 죽는 동안 한 번도 어른이 된 적이 없는지. 도대체 몇 번이나 이 짓거리를 해야 정상적인 엔딩을 볼 수 있는지 울화가 치밀었다. 죽어서 몸뚱이가 없으니 그냥 생각만, 어쩔 수 없이 생각만 그랬다는 얘기다. 솔직히 이번엔 별생각 들지 않았다. 다음 생엔 비건으로 살아볼까, 정도.

이미 말한 것 같지만 나는 죽음과 출생을 반복하고 있다. 벌써 일곱 번째다. 누군가 그게 환생이 맞냐고 묻는다면, 아마도 그렇다고 대답할 것이다. 하지만 전생의 기억을 락스에 담가 얼룩 없이 싹 지우고 햇볕에 보송하게 말린 뒤 새로운 몸에 영혼을 안착시키는 낭만적인 과정은 없다. 나는 언제 어떻게 죽든 2005년 5월 3일 아침 9시 5분에 엄마 김은혜 씨에게서 태어난다. 체중 3.45킬로그램, 키 51센티미터. 혈액형은 A형에 엉덩이엔 모래시계 모양의 몽고반점을 가진 여아다. 태명은 밤비였고, 태어나 사흘 만에 얻게 된 이름은 송재이다.

지금 나열한 것 중 영아기에 내 의지로 바꿀 수 있는 건 아무것도 없다. 전력을 다해 울고, 그때마다 입술 사이로 비집고 들어오는 엄마의 젖꼭지를 열심히 빨며 하루라도 빨리 말문이 틔기를 기다리는 게 최선이었다. 자칫 한눈을 파느라 성장 속도가 더뎌지면 난처한 상황을 맞이하게 된다. 부주의한 내 부모에게 제발 같은 실수 좀 그만하라고 충고해야 하는데 말이 어눌해선 곤란하다. 하지만 아무리 당부해도 그들은 벌써 여섯 번이나 딸의 죽음을 막지 못했다. 그 탓에 나를 중심으로 돌아가던 그들의 세상도 돌연사했다.

내 환생이 다른 이들에겐 영향을 끼치지 않는 것 같지만, 곰곰이 생각해보면 꼭 그런 것만도 아니다. 사람들은 이따금 처음 가는 곳, 처음 보는 사람, 처음 대하는 장면에서 어디선가 이미 보고 겪은 듯한 느낌을 받은 적이 있다고 말한다. 여섯 번이나 거듭된 순간이니 잔영이 남는 건 당연한데, 내 우주 안에 사는 사람들은 그걸 언젠가 꿨던 꿈 혹은 오래전 드라마에서 본 장면이라고 믿곤 한다. 큰 사건이 벌어지기 직전, 사람들이 느끼는 불안과 초조의 근거도 실은 내 환생에서 비롯되었을 거다. 어디까지나 내 뇌피셜이지만.

골백번쯤 죽었다 환생하길 거듭하면 이런 구차한 설명이 필요 없어질지도 모르겠다. 이제 와 무병장수 같은 건 바라지도 않는다. 그냥 딱 한 번만 어른이 되어보고 싶다. 어쩐지 스무 살만 넘기면 이 염병할 리셋이 멈출 것 같다. 수영을 배운 적 없는 아기도 물에 빠지면 숨을 참듯, 인간은 본능적으로 생존의 기술을 알고 있다. 처음엔 어렴풋했지만 이젠 거의 확실해졌다. 나의 이 이기적인 신생 우주는 성장호르몬이 멎어야 별 시답지 않은 유희였단 걸 깨닫고 비로소 요요 같은 환생놀이를 그만둘 것 같다. 인생 7회 차 고인물 젖먹이를 만만하게 보지 마시라.

은혜는 발뒤꿈치를 세워 어린이집 유리문 너머 일렬로 줄 선 아이들을 바라봤다. 맨 앞에서 재이가 손등으로 입을 가리고 긴 하품을 했다. 아침엔 분명 두 갈래로 단단히 땋아주었던 머리는 봉두난발이었고, 뭘 흘린 건지 노란색 원복 앞섶에 불그죽죽한 액체가 번져 있었다. 교사가 무어라 말하자 아이들의 고개가 동시에 올라갔다. 원아들이 짝짝 박수를 치고 네에, 선생님, 하고 답하는 동안 재이는 새끼손가락으로 귀를 후비며 엄마인 은혜를 바라봤다. 이윽고 유리문이 열리자 4세반 아이들이 되똥거리며 걸어 나와 문 앞을 서성이던 엄마들에게 달라붙었다. 재이도 은혜에게 어깨에 멘 가방을 건네며 앞장섰다.

"송재이, 선생님이 말씀하시면 집중해서 잘 들어야지 왜 혼자 딴짓을 해?"

"귀로는 다 들었어. 자기 전에 양치하라는 뻔한 소리."

"그래도 그건 예의가 아니야. 너 열아홉 살까지 살아봤다며? 내가 널 그렇게 불손한 애로 키우진 않았을 텐데……. 너 딴거로 골났구나? 뭔데?"

은혜의 말에 재이가 걸음을 멈췄다.

"나 토마토 안 먹어. 아니, 못 먹는다고. 먹으면 꼭 토하는 참사가 벌어지거든. 이 얘기 벌써 두 번째 한 거 같은데, 엄마는 급식표도 안 봤어? 봤으면 도시락을 싸줬어야지. 어쩜 그렇게 무관심할 수 있어? 애 간수를 어떻게 하는 거야."

재이의 말에 은혜는 아파트 단지 너머 한창 공사 중인 시민운동장을 바라봤다. 신기할 것도, 낯설 것도 없는 풍경을 물끄러미 보며 해야 할 말을 골랐다.

"진짜 토마토만 아니면 괜찮은 줄 알았지. 어우 야, 입맛 좀 고치자. 토마토 들어간 음식이 좀 많은 줄 알아?"

은혜는 재이의 웃음기 없는 표정을 살피곤 후회했다. 담백하게 미안하다고 대답할 걸 뻔한 거짓말을 늘어놓은 게 들통난 모양이었다.

"엄마가 무슨 죄야. 교육 시스템이 문제지. 오늘 뽀모도로 스파게티 안 먹는다고 유대인 취급 받았어. 쌤이 내 명찰에 토마토 스티커를 붙여주더라. 주아는 피망, 지운이는 완두콩, 준서는 자기 아들이라고 김치 안 먹는데 암것도 안 붙이고 말야. 그만하자, 나 목 아플라 그래."

말끝에 재이가 칼락칼락 기침을 했다.

"제수씨, 시내 나가시면 태워드릴까요?"

104동 지상 주차장에서 낯익은 사내가 후진하며 말을 건넸다.

"아닙니다, 충성!"

은혜는 사내가 누구인지 기억나지 않지만, 재빨리 손을 들어 올려 이마에 대고 경례하는 시늉을 했다. 이 아파트 단지에서 은혜는 하루에도 여러 번, 여러 사내에게 형수나 제수로 불리었다. 엘리베이터, 마트, 관리실, 놀이터, 지하 주차장, 분리수거장과 길고양이 급식소에서도 그들은 알은척을 했다.

사내들은 대개 군복에 얼룩무늬 백팩을 짊어진 젊은 아빠들로 남편인 유진의 직장 동료였다. 우뢰부대 중사일 때 은혜를 만나 이제 막 상사가 된 유진도 이웃의 여자들을 형수나 제수로 불렀고, 아이들에겐 삼촌으로 불렸다. 같은 직장에 다니며 같은 관사로 퇴근하는 수백 가구의 이웃이 보이는 관심이 은혜는 부담스러웠다. 더욱이 관사 안 어린이집 교사가 앞집 이 중령의 아내여서 탐탁지 않은 일로 항의하고 싶은 순간에도 머뭇거리게 되었다. 그래도 토마토 건에 대해서는 한마디 해야겠다고 다짐했다.

"송재이, 힘들면 업힐래?"

어린이집에 다니면서 재이는 사시사철 감기를 달고 살았다.

"다 왔는데 뭘 업혀. 그리고 경례 좀 하지 마. 엄마까지 군인이야? 국가와 민족을 위해 사는 사람은 우리 집에 아빠 한 명으로 충분하잖아. 애국심 할당량 다 채운 거 같은데, 안 그래?"

재이가 목소리를 낮춰 말했지만 모녀의 뒤를 조용히 따라

건던 경비원은 소스라치게 놀랐다. 그는 들고 있던 보온병을 손에서 놓치고 입을 떡 벌린 채 둘을 바라봤다. 고작 30개월밖에 안 된 아이가 어른처럼 말하는 해괴하고 섬뜩한 장면을 직접 보고 들었으니 그럴 만도 했다. 경비원 기척에 모녀도 흠칫 놀랐지만, 이내 눈빛을 주고받은 뒤 미리 궁리해놓은 대응 매뉴얼대로 행동했다.

"어머, 아무도 없는 줄 알고 스피커폰으로 통화했네. 집에 올라가서 다시 전화 걸게."

은혜는 호주머니에서 핸드폰을 꺼내 버튼 누르는 시늉을 했다. 그러고는 경비원을 향해 면구스러운 미소를 띠며 경례를 붙였다.

"나도 이모하고 여보세요 할래. 여보세요 할 거야!"

재이가 발을 구르며 은혜의 핸드폰 든 손에 매달렸다. 두 사람의 시선이 차츰 누그러지는 경비원의 얼굴을 조심스럽게 훑었다.

"아따, 할아버지 심장이 철렁했다. 무슨 어린애가 으른보다 말을 더 잘하나, 내가 치매가 왔나 보다 다리가 후달려서 주저앉을 뻔했어. 아가, 추운데 어여 들어가라. 사모님, 들어가십시오!"

그제야 경비원이 바닥에 뒹구는 보온병을 들고 은혜에게 인사를 건넸다. 그가 경비실을 향해 줄레줄레 걸어가는 모습을 보고 모녀는 안도했다.

"6회 차에도 이런 순간 있었어? 모든 상황이 같은 거야?"

은혜는 싫다는 재이를 둘러업었다.

"똑같은 상황은 없어. 디테일은 매번 다르지. 6회 차 때는 경비 할아버지가 아니라 옆집 기사님이었고. 4회 차였나, 그땐 나 편도선염 수술하고 정신없이 헛소리하다 소아과 간호사한테. 알지? 머리 노랗게 탈색한 간호사 언니. 나중에 그 언니랑 원장이랑 러브라인……."

"스포 그만. 그리고 그런 건 애들이 할 말 아냐."

은혜는 현관 터치 패널에 다가가 비밀번호를 눌렀다. 미래를 살아본 아이의 부모는 주의할 게 많았다. 사소한 궁금증을 해소하느라 아이에게 질문하다 보면 세상에 환멸이 느껴졌다. 그들을 둘러싼 사람들은 대개 부도덕했고 뒤끝이 사나웠으며 험담을 즐기는 동시에 공짜를 너무 좋아했다. 차라리 모르는 채 겪는 편이 낫다는 걸 부부는 천천히 깨달았다.

재이가 환생아라는 것을 알게 된 건 5개월 전이었다. 생후 26개월 2주 차의 아이는 유창하게 전생을 털어놓았다. 아직 설소대가 짧아 시옷 발음이 서툰 것만 제외한다면 목소리와 억양이 엄마 은혜와 무척 흡사했다.

"오빠, 나 토할 거 같아."

은혜는 충격과 당혹감에 눈물이 쏟아지고 속이 메슥거렸

다. 그녀는 끝내 놀이 매트 위에 토사물을 게워냈다. 침샘이 시큰하고 청각과 촉각도 무뎌졌다. 심박이 가쁘게 오르며 식은땀이 흘렀다. 놀라긴 유진도 마찬가지였다. 현실감을 잃은 그는 딸이 작은 앵무새처럼 조잘거리는 이 순간이 꿈인가 싶어 억지로 웃어보았다.

"은혜야, 괜찮아. 이거 꿈이야. 우리 조금 더 자자."

유진이 덜덜 떨리는 손으로 놀이 매트에 누운 은혜의 이마를 쓰다듬고 그 곁에 누웠다.

"저기요, 부모님. 꿈도 아니고 귀신 붙은 것도 아니니까 정신 줄 놓지 마요. 이런 얘기 하게 돼서 나도 마음이 좋진 않아. 그래도 지금쯤엔 털어놔야 하는 걸 어떡하냐고. 우리 내일 강릉 여행 갈 거잖아. 다음 주엔 아빠 훈련 들어가고. 딱 그때 나한테 첫 위기가 닥친다니까요. 믿을래, 그냥 죽을까?"

재이는 바들바들 떨며 눈물 바람인 부모를 측은한 눈길로 내려다봤다. 매번 이 순간이 가장 곤혹스러웠다. 종교가 없는 부모는 위기의 순간에 신의 이름을 부르는 대신 자신들을 탓했다. 임신 중 딱 두 모금 마신 맥주, 역사에서 뿌리친 세이브더칠드런 후원봉사자의 손길, 거짓말로 둘러대고 참석 안 한 고모할머니의 장례식, 사소한 일에 마음이 맺혀 두고두고 뒷욕을 하고 있는 절친. 그 모든 업보가 어린양 같은 딸을 통해 돌아오는구나, 목이 메었다.

"좋게 생각하자고. 리조트에서 토하거나 비명 지르는 것보단 아무래도 집이 낫잖아. 자, 심호흡하시고."

재이는 분홍색 내복 바지를 가슴 아래까지 치켜올리고는 유아용 소파에 앉아 한숨을 내쉬었다. 이미 여러 번 본 장면이었으니 앞으로 벌어질 일도 뻔했다. 짧은 다리를 꼰 뒤 발끝을 공중에서 세 번 튕겼다. 레디 액션.

"오빠, 일어나. 우리 밖에서 잠깐 얘기 좀 해."

은혜가 유진을 향해 목소리를 낮췄다. 이게 꿈이나 인과응보가 아니라면 더 심각한 문제였다. 병리적인 문제, 그러니까 세 식구 중 최소 한 명 이상이 미쳤다는 이야기였다.

"응, 엄마가 생각하는 그런 거 아냐. 엠알아이, 씨티 찍어도 아무 이상 없고, 소아정신과, 발달장애아동지원센터 가봐야 시간 낭비, 돈 낭비. 오은영 쌤도 답 없습니다. 이렇게 얘기해도 병원 데려갈 거 아는데, 우리 별로 여유 없잖아. 일단 세계관은 깔아놨으니까, 나 잠깐 자고 얘기해."

재이는 온 힘을 다해 부모에게 충고했다. 그러고는 밀려드는 졸음에 눈을 끔벅거렸다. 몸이 작은 만큼 한 번에 쓸 수 있는 에너지도 적었다. 한숨 자고 일어나 미역국에 만 밥이라도 한술 먹어야 다시 말을 이어나갈 수 있을 것 같았다. 무척이나 긴 이야기가 될 테니까. 가뜩이나 몸에 비해 큰 머리가 자꾸만 자꾸만 뒤로 젖혀졌다.

"나 한숨만 자고 일어나서 설명할게. 내 1회 차 인생부터 차근차근."

재이는 말을 잇지 못하고 잠에 빠져들었다.

1회 차

이해할 수 있을까

재이에게 첫 번째 인생은 오래된 만큼 기억이 희미했다. 여느 아이들과 비슷하게 성장하고 발달했으니 아마도 돌 무렵 걸었을 거고, 떠듬떠듬 엄마나 아빠, 하부지, 함모니로 말을 배웠을 터였다. 어렴풋이 떠오르는 몇 장면이 있긴 했다. 처음 맛본 콜라, 벽 모서리에 이마를 찧어 5초쯤 멍하니 앉아 있다 울음을 터뜨린 순간, 잠결에 들은 엄마와 아빠의 다툼 그리고 너 때문에 산다던 은혜의 목소리 같은 거였다.

선명한 건 딱 하루, 자신이 죽던 날이었다. 그날 유진은 동트기 전에 훈련을 떠났다. 같은 사단에 근무하는 부사관들이 야전으로 우르르 빠져나가자 관사엔 남자 어른의 목소리가 사라졌다. 어린이집도 방학 기간이었다. 재이는 안방 침대에 앉아 아직 젊은, 실은 어리다고도 볼 수 있는 스물여섯 살의 엄마를 바라봤다. 그녀는 옚게 화장을 하며 이따금 거울로 재이와 눈을 맞췄다.

“잠실 이모가 놀러 오래. 같이 점심 먹고 롯데월드 가자. 재이 태어나서 처음으로 놀이공원 가는 거야. 이제 키도 90센티 넘었으니까 드림보트랑 범퍼카도 탈 수 있어. 우리 아기, 기분 어떤가요?”

재이는 그게 뭔지 몰랐지만 엄마가 즐거워 보여 좋았다.

“송재이는 기분이가 좋아!”

“재이가 좋으면 엄마는 더 좋아!”

은혜는 재이의 내복을 벗기고 연보라색 앙고라 스웨터에 코르텐 바지를 입혔다. 아이 하나는 충분히 들어갈 법한 에코백에 멸균우유, 슬라이스치즈와 바나나, 여분의 옷가지 그리고 군마트에서 사 온 달팽이크림 세 개를 챙겼다. 언니가 부탁한 물건이었다. 마지막으로 가스 밸브를 확인하고 꼼꼼하게 방방마다 전등을 확인한 은혜가 재이 손을 잡았다.

“송재이 어린이, 출동 준비됐나요?”

“네, 네, 선생님!”

은혜는 치약 광고 모델처럼 하얀 앞니를 드러내며 웃었다. 그녀는 현관 신발장에서 어그부츠 두 쌍을 꺼냈다. 하나는 재이의 것, 또 하나는 그녀가 신을 새 신이었다. 둘은 나란히 현관 문턱에 엉덩이를 붙이고 앉아 부츠를 신고 떠날 채비를 마쳤다. 그때 도어록 누르는 소리가 들렸다.

"얘, 현관 앞에 무슨 박스가 이렇게 많니. 무겁기도 오지게 무겁네."

재이의 친할머니였다. 새치가 손가락 한마디쯤 자란 단발 파마머리에 녹색 패딩점퍼를 입은 유진의 엄마가 또 들이닥쳤다. 그녀는 배달 기사가 내려놓은 종이상자 세 개를 발로 밀어 현관으로 들였다. 재이의 기저귀와 분유였다.

"어머니, 연락도 없이 웬일이세요?"

은혜의 목소리에 절망감이 묻어났다. 집에서 한 시간 거리에 사는 할머니는 불쑥불쑥 찾아왔다. 매번 냉동실에서 발굴한 고기며 나물을 챙겨 와 인심 쓰듯 나눴고, 채소 칸에서 시든 과일도 아들 내외 몫으로 배분했다. 은혜가 만든 이유식을 허락도 없이 맛보곤, 아무리 아기라도 어쩜 이렇게 간을 하나도 안 해 먹이느냐고 타박했다. 은혜 부부가 다투는 대부분의 이유는 할머니의 잦은 방문과 참견이었다.

"내 자식, 내 며느리 집에 무슨 기별까지 하고 와야 하니. 밖에 날씨가 맵다. 당장 죽는 일 아니면 나가지 마. 뜨뜻한 집에서 나랑 만두나 빚자. 세밑에 여자 할 일이 그거밖에 더 있니? 김치랑 두부는 꼭 짜서 왔으니까 당면이나 좀 삶자."

할머니의 등에도 은혜의 에코백만 한 등짐이 매달려 있었다. 그녀는 퇴행성관절염 탓에 무릎 각도가 조금 벌어져 뒤뚱대는 걸음으로 부엌에 들어섰다. 은혜는 고개를 푹 수그린 채 여전히 현관 앞에서 재이 손을 잡고 서 있었다.

"저희…… 서울 언니네 가려던 참이었어요."

은혜가 쥐어짜는 목소리로 말했다.

"서울서 미장원 한다는 재이 이모? 얘, 다다음주가 설인데 뭐 하러 어린애 데리고 눈길 운전을 하니? 명일에 아범서껀 친정집서 만나면 더 반갑지. 일하는 사람은 손님 다녀가면 하루 공치는 거야. 와서 짐 좀 풀어라. 추석 때 재이가 맛있다고 했던 송편하고 설기 가져왔어. 쪄주마."

은혜는 대답 없이 억척스러운 손길로 부츠를 벗고 재이의 부츠도 벗겼다.

"엄마, 함모니한테 오뗴올드 같이 가자고 하까? 재이가 말해보까?"

그때 재이는 은혜가 롯데월드에 가지 못해 화가 났다고 넘겨짚었다. 그게 이유라면 은혜의 마티즈 뒷좌석에 할머니를 싣고 함께 가면 해결될 문제였다.

"절대 그런 얘기 하면 안 돼. 생각만 해도 끔찍하니까."

은혜가 재이의 정수리에 입술을 붙이고 낮게 웅얼거렸다.

"이리 오너라, 내 원숭이."

등짐을 끌러낸 할머니가 부엌 식탁에 허리를 기대고 재이를 향해 손을 뻗었다. 은혜가 알면 서운할 일이지만 재이는 할머니가 좋았다. 그녀에게선 늘 고소한 참기름 냄새가 났고, 주머니를 뒤지면 청포도 맛 사탕이 나왔다. 싫다고 하면 양치든 세수든 강요하지 않는 데다 은혜가 안 볼 때 믹스커피도 한 모금씩 맛보여주었다. 아들 내외 집 도어록 비밀번호를 알려준 것도 재이였다. 둘은 크고 작은 비밀로 꼼꼼하게 기워진 사이였다.

"얘, 네 시아버지 강화도 고모네 가셨어. 사나흘 놀고 올 모양이던데, 나 혼자 보일러 트는 것도 아깝고…… 너네도 아범 없이 적적할 테니 같이 있자."

"왜 그런 말씀을 하시는 거예요."

은혜는 조금 겁먹은 표정으로 고개를 가로젓곤 안방에 들어갔다. 옷장 앞에서 코트를 벗은 그녀는 벗은 옷을 그대로 내팽개쳤다. 그러고는 느린 시선으로 할머니에게 안긴 재이를 한 번, 침대맡에 걸어둔 결혼사진을 한 번 바라보다 욕실로 들어갔다.

"네 엄마 왜 저러니? 내가 무슨 말을 했다고. 재이야, 네 껍데기는 하부지 얘기만 하면 저렇게 골을 내더라."

할머니는 얼빠진 표정으로 은혜가 들어간 욕실 문을 한참 바라봤다. 마치 과수원 길을 걷다 느닷없이 머리에 배를 맞고 날아가는 까마귀를 원망하는 눈빛이었다.

"엄마가 함모니한테 말하지 말랬어. 껌띡하다고 했어."

할 말과 못 할 말을 골라서 할 수 있으면 좋으련만. 이때의 재이에겐 참고할 만한 이전 생이 없었다.

"나를 끔찍하다고, 했어? 하아, 하나님 아버지."

할머니는 눈을 감고 잠시 기도했다. 그리고 입을 오므려 휘파람 불듯 긴 한숨을 내쉬고, 언제나 그래왔듯 등짐을 풀었다.

"예수님이 당부한 게 있어. 일곱 번이 아니라 일흔일곱 번까지라도 용서하라고. 어쩌면 일흔일곱 번을 넘겼을지도 모르지만, 할미는 이번에도 용서하련다."

할머니는 찬송가를 콧노래 부르며 담아 온 물건을 꺼냈다. 만두소가 담긴 스테인리스 반찬통, 노란 뚜껑이 달린 기름병, 간장과 식초에 절여 만든 무장아찌 한 토막, 포를 떠 얼린 동태 한 팩이었다. 그러고도 등짐 안엔 물건이 더 들어 있었다. 얼룩덜룩한 옷가지였는데 지독한 악취를 풍겼다.

"이게 뭘까?"

할머니가 한 손으로 입을 막고 다른 한 손으로 등짐에 든 옷가지를 끄집어냈다. 흰 팬티에 대추알만 한 대변이 말라붙어 있었다. 그녀는 얼른 팬티를 등짐으로 욱여넣고 지퍼를 채웠다. 그러고는 거친 숨을 몰아쉬며 개수대에서 한참이나 손을 씻었다.

"걱정 말거라, 처음 있는 일도 아니니까. 그래도 네 엄마, 아빠한테는 아무 말 말아야 해. 할아버지는 내가 책임질 거야. 걔들은 지들 인생 살아야지, 아무렴."

손녀에게 하는 말처럼 들리기도 했고, 혼자 하는 다짐처럼도 들렸다. 할머니는 가볍게 숨을 몰아쉬며 재이를 들어 올려 식탁 위에 앉혔다. 그러고는 가만가만 손녀의 얼굴을 쓰다듬었다. 그녀의 눈에 눈물이 그렁하게 올라왔다. 할머니가 어깨에 등짐을 다시 짊어졌다. 재이는 어쩐지 할머니가 지금 가면 영영 다시 돌아오지 않을 사람처럼 느껴졌다.

"함모니 무슨 일 있어? 오떼올드 안 데려가서 화나? 같이 가자."

재이는 두 팔을 벌려 할머니에게 안길 준비를 했다. 손녀를 향해 손을 뻗던 할머니가 히뜩 놀라 멈춰 섰다. 안방 욕실에서 은혜의 까랑까랑한 목소리가 들린 탓이었다.

"그래, 처음엔 잘해주셨지. 적당히 거리 유지하면서 용돈도 챙겨주고 휜소리, 잔소리도 없었어. 나도 인정한다니까? 문제는 지금 달라졌다는 거잖아. 다녀가실 때마다 음식물쓰레기가 2리터씩 나와. 저번엔 재이한테 젖 물리는 것까지 봤다고. 정말 토 나올 거 같아 못 살겠어! 딸 낳았다고 모진 말할 때는 언제고 이젠 당신 딸처럼 물고 빠는 거 징그러워. 그러면서 딸 다 소용없다, 아들 하나 더 낳아라 들볶는다니까."

은혜가 울었다. 어린애처럼 엉엉, 여봐란듯이 크고 섧게.

재이 생각에 잘못한 사람은 없었다. 사랑하는 방법이 각자 달랐고 미워하는 게 이해하는 것보다 훨씬 쉬울 뿐이었다. 모든 혼란은 자신에게서 비롯된 걸지 몰랐다. 모두가 재이를 사랑했고 그래서 서로를 미워하다 불행해진 것만 같았다. 재이가 태어나기 전까지 은혜와 유진은 사이좋은 신혼부부였으며 할머니는 온화하고 점잖은 노부인이었다. 하필 이 가정에 태어나 근심을 만들었단 생각에 코가 맵고 목구멍이 뻐근했다. 이럴 줄 알았으면 처음부터 조금 새침한 아이로 캐릭터를 잡았을 텐데, 재이는 다시 태어날 방법을 몰랐다.

"이게 일 나간 남자한테 전화 걸어 울 일이냐? 네 아우로 아들을 낳으면 내가 업고 다니지. 안 그래?"

할머니의 눈에도 눈물이 그렁했다. 우는 건 은혜와 할머니였지만 어쩐지 재이의 시야도 뿌예졌다. 그때 의미를 알 수 없는 사람들의 수런수런한 목소리가 멀어졌다 가까워지기를 반복했다. 재이가 두 손을 펼쳐 양 귀를 틀어막았지만 소리가 멎지 않았다. 그 순간 번쩍, 플래시가 터지듯 눈앞이 환해졌다. 그리고 아주 천천히 어두워지며 본래의 조도로 돌아왔다. 재이는 귀에서 손을 떼고 고개를 돌려 집 안을 훑었다. 세상은 어딘가 달라져 있었다. 민무늬 흰색 벽지가 아이보리색으로 바뀌었고, 할머니의 새치 길이도 짧아졌다.

안방 침대맡에 걸어놓은 결혼사진 액자가 사라졌고, 천장도 조금 높아졌다. 은혜가 벗어놓은 코트 디자인, 커튼 색상과 러그 모양, 유독 한쪽만 꺼져 있던 소파의 재질도 달라졌다. 유심히 보지 않으면 알 수 없는 것들이 왜 변했는지, 재이는 시간이 지난 지금도 알지 못했다.

"괜찮아."

낯선 목소리가 할머니의 입에서 흘러나왔다. 그러고 보니 그녀의 눈썹 모양과 주름의 방향도 이전과 달랐다.

"함모니, 뭐다고?"

"다시 태어나면 돼."

할머니가 입술을 앙다물고 텅 빈 눈동자로 재이를 보았다. 가늘고 긴 눈매에 쌍꺼풀이 생겼고, 좁고 낮은 콧대가 천천히 치솟았다. 두 팔은 자신을 끌어안듯 단단히 여몄으며, 피부가 밀랍처럼 물결 모양으로 녹아내렸다. 그리고 정말 울긋불긋한 불길이 할머니의 피부를 지글지글 태웠다. 불과 3초, 아니 1초나 2초밖에 안 되는 짧은 순간이었지만 재이는 그게 할머니가 아니라는 것을 알아챘다. 재이가 눈을 깜빡거렸지만 불타오르는 낯선 노인은 그대로였다.

"다시 태어날 기회는 여섯 번이야."

할머니의 입술이, 노화 때문에 겨울 점퍼의 손목 조르개처럼 짜글거리는 입술이 달싹였다. 그러자 재이의 몸이 얼어붙었다. 관절과 근육에 철심을 박아 넣은 것처럼 옴짝달싹할 수 없었다. 할머니를 닮은 그것이 설핏 웃고는 재이를 거칠게 떠밀었다. 그러자 낯선 노인은 사라지고 본래의 할머니와 재이의 집으로 돌아왔다. 감색 바탕에 잔꽃무늬가 프린트된 등짐, 할머니의 가늘고 숱 없는 파마머리, 벽에 붙은 재이의 엉성한 그림과 커튼 새로 흘러드는 햇빛이 거꾸로 반 바퀴 돌았다. 그리고 그대로 바닥을 향해 머리부터 곤두박질쳤다. 고통은 없었다. 죽음에 이르는 순간 몸에서 쏟아지는 호르몬 덕에 두개골이 바숴지는 동안에도 재이는 웃었다. 인생이 뭐 이리 허무한가 싶어서였다. 그렇게 세상은 첫 번째 종말을 맞이했다.

낮잠에서 깨어난 재이는 미역국에 말은 밥과 사과 한 쪽을 먹고 난 다음에야 1회 차 인생을 설명할 수 있었다. 다만 죽기 직전 할머니가 알 수 없는 존재로 변신했다는 건 교묘히 생략했다. 이전에 몇 번 얘기해본 결과 믿어주지 않았다. 재이의 부모는 딸의 환생을 다섯 번이나 믿었으면서 마지막 순간에 기괴한 존재가 의문의 메시지를 남겼다는 얘기에는 코웃음을 쳤다.

"내가 어머니 때문에 죽을 것 같다고 몇 번을 말했어? 재이 얘기 들으니까 좀 아차 싶지? 지금이라도 대책을 세워야 해. 앞으로 우리 집에 오지 마시라고 오빠가 전화드려. 보고 싶으면 당신만 다녀오면 되잖아."

기실 은혜는 시어머니 때문에 우울감에 시달렸다. 무시로 찾아와 상한 음식으로 냉장고를 채우고 부엌이며 안방 서랍까지 불쑥불쑥 열어 보는 기이한 습성은 날이 갈수록 심해졌다. 딸의 환생을 믿는 건 아니지만, 만에 하나 사실이라면 시어머니는 살인자나 다름없었다. 어떻게 손녀를 식탁 위에 세워놓고 조심성 없이 넘어뜨릴 수 있는지 은혜는 정수리가 후끈거렸다.

"은혜야, 너 재이 말을 다 믿어? 네 살짜리가 하는 얘기만 듣고 나한테 지금 칠순 노인네한테 대못을 박고 오라고? 미쳐 돌아가는 세상이다."

재이는 식탁 의자에 앉아 턱을 괴고 부부싸움을 지켜봤다.

"근데 왜 아무도 나한테 안 물어봐? 그래도 예전엔 둘 중 한 명은 궁금해했는데."

재이의 말에 은혜와 유진이 날 선 시선을 옮겼다.

"우리가 뭘 물었는데?"

유진이 되물었다.

"나를 죽인 할머니를 어떻게 이해할 수 있었는지 궁금해했어. 할머니랑 나, 지금 사이좋잖아. 살짝 맛 간 음식도 잘 먹고, 같이 목욕도 하고, 잠자리에 누워 서로 살냄새도 맡는 게 이상하지 않아?"

유진은 이해할 수 없는 현실에 몸서리치면서도 전장에서 느끼는 허기처럼 염치없는 궁금증에 딸의 입을 빤히 바라봤다.

"이상해. 네 말이 사실이라면, 어떻게 그럴 수 있어?"

그를 대신해 은혜가 물었다.

"그걸 설명하려면 2회 차 인생을 들어야겠지. 우리 모두를 바꿔놓을 새로운 멤버도 그때 만나게 되거든. 들을 준비 됐어?"

재이는 의자를 딛고 식탁으로 올라섰다. 은혜와 유진이 어어, 하며 손을 뻗었다.

"엄빠랑 눈높이를 맞추고 싶어서 올라온 거야. 걱정 마, 지금은 안 죽어. 일곱 번 사는 동안 알게 됐어. 내가 죽을 징조 그리고 나를 죽일 사람을 분간해내는 방법. 죽으려면 아직 멀었어요."

재이가 가부좌를 틀고 앉아 겁먹은 부모에게 싱긋 웃어 보였다.

2회 차

감당할 수 있을까

재이에겐 죽음보다 환생이 더 고통스러웠다. 1회 차 때는 기억하지 못했던 일련의 출생 과정이 뚜렷이 느껴졌다. 자궁이 수축하며 좁은 산도로 밀려 나가는 순간에는 전신을 랩으로 감싸 비트는 것처럼 살결이 찢어지게 아팠다. 간신히 머리를 내밀고 몸을 뒤챈 재이는 의사 손에 양쪽 겨드랑이를 잡혀 무 뽑히듯 세상으로 나왔다. 눈이 부시고 소스라치게 추웠으며 폐포가 완전히 펴지기 전까지는 가슴이 빠개지듯 아팠다.

"출생 시간 9시 05분입니다. 김은혜 산모, 애기 모두 건강해요. 회음부 몇 바늘만 꿰매고 회복실로 갈게요. 걱정 마세요. 이건 하나도 안 아프답니다."

김은혜라는 이름을 듣자, 재이는 화들짝 놀라 울음을 터뜨렸다. 전생의 엄마와 현생의 엄마가 같은 이름을 쓴다는 게 너무 소름 끼쳐서였다. 전생에서 한글을 익히기 전에 사망했으니 그때까지만 해도 철자가 다르거나 동명이인일 거라는 생각은 하지 못했다.

"산모님, 젖 한번 물릴게요."

간호사가 재이의 몸을 따뜻한 물로 헹구고 면보자기에 꽁꽁 싸 은혜의 가슴 옆에 내려놓았다. 은혜는 간호사의 도움으로 수술복 앞섶을 여민 끈을 풀고 젖꼭지를 꺼낸 다음 재이의 입술 사이로 밀어 넣었다.

"와, 유두가 좋아서 수유하기 편하시겠다."

간호사가 감탄했다. 포도알처럼 크고 둥근 젖꼭지는 한때 은혜의 콤플렉스였지만 수유에는 매우 적합했다. 재이는 입안에 들어온 젖꼭지를 빠는 순간 현생의 엄마가 전생의 엄마였던 김은혜가 맞다는 걸 확신했다. 두 돌까지 매일 빨던 젖꼭지의 크기와 감촉, 겨드랑이에서 풍기는 체취와 모유의 맛이 의심을 잠재웠다.

재이는 이 환생 시스템에서 가장 불만스러운 게 매번, 매순간이 선명하다는 거였다. 재이는 생후 일곱 시간 만에 전생의 원수인 할머니를 만났다. 기억하는 것보다 조금 젊고 말수도 적었다. 할머니는 세면대에서 한참이나 손을 씻고 소독제를 바른 뒤 손녀를 품에 안았다. 조금 전 마신 젖이라도 올칵 토해내고 싶었지만, 신생아가 자의로 할 수 있는 건 왕왕 우는 정도가 다였다.

"은혜 충만하신 하나님. 만세 전부터 주님이 택하고 불러주신 이 가정에 아기를 선물로 주심을 감사드립니다. 기쁨과 찬송이 넘치는 복된 가정이 되게 하여 주시길 믿사옵니다. 예수그리스도의 이름으로 기도드립니다. 아멘."

재이는 사탄의 인형처럼 얼굴을 쥐어짜며 울었다. 하지만 할머니는 악귀를 축사한 퇴마사처럼 부드럽게 웃으며 기쁨의 눈물을 조르르 흘렸다. 재이에게 각인된 할머니의 모습은 눈동자가 텅 비어 있고, 피부가 촛농처럼 흘러내리는 괴물이었다. 여섯 번의 기회를 제시했던 미지의 존재치곤 너무 다정하고 애틋해 보였다.

"네 시아버지 살아 계셨으면 당신이 직접 산바라지하신다고 나서셨을 거야. 바라지는 내가 하고 손주 재미는 혼자 보시려고 들었겠지. 근데 병원 발찌가 좀 이상하다."

재이는 뭔가 잘못되었다는 걸 알아차렸다. 할머니의 가방에 똥 묻은 팬티를 넣어둔 사람은 할아버지였는데, 그사이 돌아가신 걸까. 그럼 혹시 자신이 환생한 육신이 동생의 몸이란 말인가. 혼란스러웠다.

사흘 후 재이는 재이라는 이름을 얻었다. 죽은 언니의 이름을 동생에게 물려준 게 아니라면, 재이는 재이였다. 조리원에 들어갔을 때 이틀 걸러 한 번씩 면회를 온 할머니는 늘 듣기 좋은 소리만 했다.

"왕자인 줄 알았는데 공주였어요. 팔찌에 여아라고 써 있어서 할머니가 깜짝 놀랐어요. 갓난쟁이가 어쩜 머리숱이 이렇게나 많니. 눈썹도 새까맣네. 유진이는 안 그랬는데, 네가 시집와서 우리 집 종자 개량해줬다. 정말 예뻐요, 우리 아가씨. 뭐 하나만 달고 나왔으면 오죽 좋아. 오오, 기분 나빠. 늙은이가 자꾸 들여다봐서 무서워? 알았어. 할미는 집에 가서 네 양말이나 마저 떠야겠다. 근데 네가 아들일 줄 알고 파란 털실을 골랐지 뭐니."

할머니는 손녀를 요람에 내려놓고 나갈 채비를 했다.

"얘, 은혜야. 이거 얼마 안 돼. 조리원비 내고 남으면 너 떡 사 먹어. 아직 젊으니 얼른 연년생으로 하나 더 낳지, 뭐."

전광석화 같은 몸놀림으로 할머니는 돈봉투를 엄마의 베개 밑에 밀어 넣고 도망쳤다. 은혜는 남편 유진이 4대 독자라는 게 원망스러웠다.

결혼 전, 은혜의 친정에선 홀시어머니를 마뜩잖아했다. 시집살이도 걱정스러웠지만, 나중에 몸이라도 아프면 병구완은 자연히 외며느리인 은혜 몫인 탓이었다. 병구완은 아직 먼 얘기였고, 막상 은혜가 겪어본 시어머니는 다정이 병이었다. 전방 GOP로 보직이 바뀐 유진은 일주일에 한 번 퇴근했다. 바쁜 아들을 대신해 군말 없이 살림을 돕고, 산전검사를 따라다닌 사람이 시어머니였다. 징그럽게 손이 많이 가는 달래나 냉이무침이며, 오래 고아야 빛깔이 뽀얀 곰국, 어디서 본 적도 없고 먹어본 적도 없는 감자뇨끼나 라따뚜이를 요리책으로 배워 아들네 냉장고를 채웠다. 의사도 임신 후기까지는 아들이라고 단언했는데, 35주 차에 공주님이라며 머쓱해했다. 은혜와 유진은 재이가 태어날 때까지 실망할 어머니에게 진실을 털어놓지 못했다. 그러다 첫 만남에서 재이 발목에 붙은 병원 태그의 성별이 할머니를 당혹스럽게 한 거였다.

유진은 서늘하게 식은 자신의 이마를 짚었다. 재이의 말은 전부 사실이었다. 그의 어머니, 그러니까 재이의 할머니가 표독스러워진 건 재이의 두 돌 무렵부터였다. 둘째 타령은 둘째 치고 전에 없이 살림과 육아에 참견하더니 이웃과도 다툼이 잦았다. 은혜는 눈치채지 못했지만, 근래 들어 손이 떨려 반찬을 놓치는 모습도 보았다.

"울 엄마 치매구나."

유진은 재이가 아니라고 대답해주길 바라며 가만히 바라봤다.

"맞아. 알츠하이머 치매. 2회 차 때 주의 깊게 관찰해서 알아냈어. 할머니랑 단둘이 임진각 놀러 갔다 나 잃어버린 적 있었잖아. 사실 그때 잃어버린 건 내가 아니라 할머니였어. 평화랜드에서 내가 잠깐 한눈파는 사이에 사라졌지. 기다리면 올 줄 알았는데 감감무소식이더라. 그래서 이 짧은 다리로 찾아다니다 안 되겠다 싶어 관리소에 간 거야. 할머니 혼자 기찻길을 걷고 있었대. 기차가 안 다녔기 망정이지. 날 보자마자 왜 할머니 손 놓고 사라졌냐고 화내는 거 있지?"

재이는 때로 아이보다 더 나약한 어른이 있다는 걸 알게 되었다. 그녀는 재이의 여섯 번의 삶에서 줄곧 병원을 거쳐 요양원으로 들어갔고, 그곳에서 폐렴으로 사망했다. 다행이라면 너무 오래 앓지 않았다는 것, 투약을 시작하고 예전처럼 보드라운 성미로 돌아왔다는 것 두 가지였다.

"더 일찍 얘기해줬어야지. 그랬으면……."

유진이 울먹거렸다.

"달라지는 거 없어. 내가 아는 미래에도 알츠하이머는 극복되지 않았거든."

재이도 노력했다. 폐렴에 걸리기 전 마스크를 씌워보기도 했고, 부모를 졸라 상급 병원으로 옮기기도 했다. 하지만 할머니는 매번 같은 날에 열이 치솟았고 폐에 물이 찼으며, 항생제에 알레르기를 일으켰다.

"그럼 2회 차 땐 왜 그렇게 된 거야? 그때도 할머니가 범인이야?"

은혜는 차마 왜 죽은 거냐고 묻지 못했다.

“2회 차 땐 지금보다 좀 어눌하지만 그래도 의사 표현이란 걸 할 수 있었어. 나는 환생했고, 전생에 사고로 죽었으니 같은 상황을 만들지 말아달라고 부탁했지. 엄빠의 반응이 어땠을 거 같아? 매번 조금씩 달랐지만 그때가 제일 드라마틱했거든. 평소 본인들의 성격과 상식을 바탕으로 유추해봐.”

재이의 말에 부부는 우주선 발사를 앞둔 과학자처럼 손톱을 씹고 머리를 긁적이며 부엌과 거실을 오갔다. 지나치게 진지해서 우스울 지경이었다.

“오빠 성격상 절대 못 받아들여, 그치? 똑똑한 사람을 데려오든가 똑똑한 사람한테 데려가겠지, 안 그래?”

걸음을 멈춘 은혜가 유진에게 다가가 속삭였다.

“다 들립니다, 어머니. 두 분 닮아서 귀가 밝거든.”

재이의 말에 은혜가 놀란 표정을 지었다.

“쪼그만 게 어른 머리 꼭대기에 앉아 있네. 자기 말이 맞아. 우리 상식이라면 전문가를 찾아갔겠지.”

유진도 은혜의 의견에 동조했다.

“이그젝틀리! 내 예상을 벗어나는 법이 없구만. 미리 말해두지만 그거 시간 낭비야.”

재이가 두 팔로 팔짱을 끼고 어깨를 으쓱해 보였다.

할머니는 알츠하이머성 치매 진단을 받고 요양원으로 거

처를 옮겼다. 그제야 눈앞의 현실이 보이기 시작한 부부는 근심이 팔자인 천성대로 전문가를 찾아 일산, 신촌, 강남 등 굵직한 병원을 예약했다. 짧게는 1개월, 길게는 8개월을 기다려 심리검사를 받았지만 결과는 지극히 정상이었다. 언어이해와 지각추론이 또래에 비해 뛰어났고, 정서와 행동이 다소 불안하지만 분노와 공격성은 높지 않았다. 딸의 지능과 정서가 정상 범위에 속한다는 소식에 부부는 어쩐지 침울해졌다. 병이어야 고칠 방법이 있을 텐데, 어디서도 원하는 답은 돌아오지 않았다. 마지막으로 부부는 집 근처 소아청소년상담센터를 찾아갔다. 거기서조차 해답이 나오지 않으면 남은 건 무속인이나 점술가뿐이었다.

"다 정상이다, 인지나 언어는 상위 5프로 정도로 뛰어나다, 좀 더 지켜보자, 라는 얘기만 들었습니다. 근데 누가 봐도 정상이 아니잖습니까. 정말 조현병 같은 게 아닐까요?"

맘뜻소아청소년상담센터 센터장 소영은 책상 서랍을 열어 멋내기용이자 전문가처럼 꾸며줄 안경을 꺼내 썼다. 부부가 내민 심리검사 결과지는 그들이 주장하는 바와 다르지 않았다. 대개 놀이 치료를 받으러 오는 아이들은 발달이 지연되거나 주의가 산만한 부류였다.

"조현병은 아닙니다. 그건 주로 청소년기, 여성의 경우엔 성인이 된 이후에 발병하고 유아기엔 진단할 수 없어요. 아이가 가족 때문에 죽었다가 환생했다고 주장하는 일이 왕왕 있긴 합니다. 공식 입증된 사례는 없고, 대부분 두뇌 성장의 불균형으로 일어난 해프닝이죠."

소영은 결과지에서 재이의 생년월일을 확인했다. 2005년 5월 3일이었다. 그녀에게도 의미 있는 날짜였다.

"병원에선 약물 치료 같은 건 권하지 않던데, 불균형을 맞추려면 어떡해야 해요? 뭘 먹여야 나아지나요?"

조현병이 아니라는 소영의 말에 은혜는 적이 마음이 놓였다. 그래도 딸이 자꾸 환생이나 죽음처럼 불경스러운 단어를 중얼거리는 아이가 될까 봐 걱정스러웠다.

"왜 그런 말을 하게 됐는지 들여다볼 필요가 있어요. 부모님한테 못 한 얘기를 저한테는 털어놓을 수 있으니 매주 한 번씩 센터로 내원해주시면 어떨까요?"

소영의 제안에 부부는 고개를 주억였다.

"오늘은 간단히 재이랑 인사 나누고, 성향 진단만 할게요. 부모님은 대기실에서 기다려주세요."

재이의 부모는 처음 만났을 때보다 한결 누그러진 표정으로 상담실을 나섰다. 소영은 잠시 유리 벽에 얼비친 자신을 바라봤다. 튀튀한 낯빛에 목에 주름이 깊었다. 이번 달 수입도 피부과 레이저 치료에 소진될 터였다.

"알았어, 알았다고. 다 얘기한다니까."

재이가 부모에게 툴툴거리며 상담실로 들어섰다. 또래에 비해 작은 체구, 연한 갈색빛의 숱 많은 머리와 짙은 눈썹, 큰 눈을 가진 만 5세였다. 벨벳 소재의 트레이닝복을 입은 재이는 눈으로 상담실의 의자와 놀이 매트를 번갈아 바라봤다. 어디서 얘기하면 좋겠냐는 뜻이었다.

"선생님이 작은 의자 가져다줄게."

소영은 책상 아래로 손을 뻗어 높이가 조절되는 목제 의자를 끌어냈다. 의자를 재이 쪽으로 옮긴 뒤 눈높이에 맞춰 안장을 고정했다.

"내 이름은 정소영이라고 해. 너처럼 파주에서 태어났어. 아주 어릴 땐 아버지도 군인이셨어. 그래서 관사에서 자랐지. 비슷한 게 참 많네?"

소영이 먼저 말문을 열었다. 눈치 빠른 재이는 이제 자신이 자기소개를 할 타이밍이란 것을 깨달았다.

"제 이름은…… 모니터에 적혀 있죠? 2005년 5월 3일에 태어나서 2008년 1월 15일에 죽었어요."

재이가 의자에 올라앉아 소영 뒤에 걸린 졸업장과 학회회원증서, 신문 인터뷰 사진을 확대해 걸어놓은 액자 등을 눈으로 훑었다.

"그리고 다시 2005년 5월 3일에 태어났다고?"

소영은 사무적인 미소를 띠었지만 목덜미가 불긋불긋 달

아올랐다. 호흡과 심박이 불규칙해지고, 아랫배에 가스가 차 터질 것만 같았다.

"네. 9시 5분이요."

어차피 안 믿으시잖아요, 라고 대답하고 싶었지만 재이는 말을 아꼈다. 이전에 만났던 전문가들은 늘 대수롭지 않은 단어 한마디를 꼬투리 삼아 새로운 질문을 던지며 시간을 끌었다. 이제 재이는 세상에서 제일 재미없는 부류가 자의식이 비대한 고학력 전문직이란 걸 알았다.

"시간까지 정확하네. 역시 너구나. 너 때문이었어."

재이가 예상 못 한 대답이 돌아왔다. 소영은 시뻘겋게 달아오른 얼굴로 귓불에 걸린 진주 귀걸이를 하나씩 떼어 책상 위에 올렸다. 목을 옥죄는 블라우스 단추도 하나 풀었다. 책상 밑으론 앵클부츠를 벗고 발을 굴렀다. 장외 홈런을 날린 타자처럼 뜨거운 콧김을 불며 낮게 환호했다.

"무섭게 왜 그래요?"

재이가 의자 손잡이를 꽉 붙잡고 어깨를 움츠렸다. 아이의 눈에도 소영의 말과 몸짓은 수상쩍었다.

"네 말 다 믿어. 그게 사실이어야 내가 정상이 되거든. 무슨 얘긴지 아직 모르겠지? 내가 널 믿어주듯 너도 날 믿어야 해."

뜨거운 숨결로 몸속 깊은 곳의 열기를 뿜어낸 소영이 다시 귀걸이를 걸고 옷깃을 여민 뒤 자신의 주민등록증을 꺼내 보여주었다.

“1983년 2월 8일이 내 생일이야. 서른두 살이지. 고작 네 살 차이지만 내 눈엔 노화가 너무 잘 보여. 벌써 눈 밑에 자잘한 기미가 끼고 잔주름도 늘어가. 요즘은 새치 때문에 염색도 시작했어. 껍데기만 겉늙은 게 아니야. 콜레스테롤 약도 먹고 아침 한 끼만 굶어도 손이 떨려 못 견딜 지경이야. 왜냐하면 내 육체적 나이는 삼십대 중반이거든.”

소영은 재이의 죽음이 만든 종말의 생존자였다.

*

소영이 고향인 파주에 상담센터를 연 것은 어디까지나 돈 때문이었다. 부모님은 같은 날 몇 시간 간격으로 죽었다. 가게 주방에서 새벽 설거지를 하던 아빠는 뇌경색으로, 몇 시간 후 죽은 아빠를 발견한 엄마는 심장마비로. 둘의 죽음은 순댓국집 단골인 한 무리 군인에 의해 드러났다. 부부가 같은 장소에서 사망했다는 이유로 경찰은 타살을 의심했다. 당시 엄마와 아빠가 각각 불륜 중이었던, 소영이 평소 이모와 삼촌으로 불렀던 이웃들이 용의선상에 올랐다. 며칠 지나지 않아 부검결과 보고서가 나왔고, 허무하게도 병사였다.

항상 너 죽고 나 죽자며 지독히 싸워대더니 정말 같은 날 죽어버릴 줄 소영은 몰랐다.

부모님에겐 소영이 모르는 빚이 있었다. 경기가 좋을 때 대출을 받아 순댓국집을 인수하였는데, 금리가 올라 빚이 불어난 터였다. 집이 없어 순댓국집 내실에서 기거했으니 처분할 부동산도 없었다. 예금은 바닥났고 은행권 대출만 1억 6천만 원이었다. 소영은 상속 포기를 하려다 혹시나 하는 마음으로 보험 조회를 했다. 기막히게도 사망 시 부부 각각 1억 원의 보험금이 법정상속자인 딸에게 지급되는 생명보험이 까꿍 튀어나왔다.

소영에겐 선택의 여지가 없었다. 서울 사람이 되기에 2억은 너무 푼돈이었다. 그녀는 빚을 갚고 남은 보험금으로 순댓국집 인테리어를 바꿔 상담센터를 열었다. 그리고 부모님처럼 센터 한 귀퉁이에 칸막이 공사를 해, 먹고 자고 찍어 바르며 살게 됐다.

빚이 없으니 크게 욕심부리지 않아도 밥은 먹었다. 어딜 가나 부모의 골머리를 썩이다 상담실로 이끌려 오는 아이들은 있기 마련이었으니까. 소영은 짬짬이 일산이나 서울로 초빙 상담을 다녀오기도 했고, 공동 저자로 심리학 이론서를 쓰느라 바빴다. 그러다 느닷없이 종말이 찾아온 거였다.

그날은 상담센터에서 가까운 수혁중학교 3학년 남학생

상담이 예정되어 있었다. 일주일 전 직접 찾아와 상담을 예약한 건 담임교사 김요한이었다. 소영 또래의 그는 보통 키에 조금 야윈 체격으로 눈매가 유난히 길고 그윽해 멜로드라마에 나오는 남주 같았다. 소영은 요한에게 홀려 자신이 상대해야 할 문제아에 대해선 한 귀로 듣고 한 귀로 흘렸다.

"부모님이 상담 참여하시면 좋은데…… 애를 놓아버리셨어요."

요한이 데려오기로 한 아이는 품행장애로 골치를 썩이는 진수였다.

"그래도 우리 선생님께선 안 놓으셨나 봐요. 사비 들여 제자 심리상담 하는 교사는 드물죠."

소영의 질문에 요한이 멋쩍어하며 웃었다.

"초임이거든요. 다들 그러지 않나요. 첫 제자이자 첫 문제아니까요. 걔도, 저도 서로를 포기하긴 이릅니다."

요한이 어른스러운 이야기를 하는 동안, 소영은 그와 책상 위에서 섹스하는 상상을 했다. 그녀가 책상에 등을 기대고 누우면 요한이 소영의 한쪽 무릎을 번쩍 들어 앞니로 지그시 깨무는 그런. 혹은 그를 의자에 앉히고 소영이 팔걸이에 올라앉아 무릎을 꿇은 뒤, 두 뺨을 눌러 입술을 벌리고 침을 모아 뱉는 그런. 사실 소영은 종종 연애 망상에 빠지는 타입이었다. 심리학과에 입학해 첫 수업을 들은 후에야 깨달았다. 심리적으로 안정된, 그래서 세상이 살 만하다고 생각해온 아이들은 심리학과를 선택하지 않는다는 걸.

"원래 이 자리에 순댓국집 있었던 거 아세요? 전에 한 번 왔는데 겉절이에서 꽤 큰 애벌레가 나왔어요. 사장님이 보시더니 배추 잎사귀 뭉친 거라고 말씀하셔서 크게 다툰 적이 있어요."

요한의 말에 소영은 비로소 현실로 돌아왔다. 꽤 큰 애벌레가 나올 만했다. 한 번도 배추를 씻어 절이는 꼴을 보지 못했다. 그녀는 끝까지 그 몰지각한 순댓국집 주인과 자신의 관계를 말하지 않았다.

요한이 떠나고, 그가 돌아오길 기다리는 일주일이 하품 나게 길었다. 그사이 소영은 요한과 데이트하고 잠자리를 갖고 웨딩드레스 고르는 상상을 했다. 아이는 복불복이니 그냥 낳지 않고 딩크로 사는 편이 좋을 것 같았다. 대신 동물을 키우고 싶었다. 흰 고양이 하나, 검은 고양이 하나, 회색 고양이 하나. 사실 고양이는 가까이서 바라본 적조차 없지만 어쩐지 책을 읽는 요한 옆엔 세 마리의 고양이가 잘 어울릴 것 같았다.

2008년 1월 15일 아침이 밝았다. 그날의 내담자는 요한과 그의 제자뿐이었다. 소영은 라면 국물에 유부초밥을 적셔 먹으며, 그가 도착하기 전 입술 화장을 다시 해야겠다고 생각했다.

"센터장님, 조금 일찍 도착했는데 시간 괜찮으신가 해서요. 학생이 낮에 금촌으로 알바를 가야 한답니다."

몇 번이고 전화를 걸고 문자를 보내고 싶었던 요한의 번호로 온 전화였다. 상담 예약 시간은 11시인데 고작 10시를 조금 넘긴 시각이었다.

"지금 어디신데요?"

"센터 앞입니다."

소영이 서둘러 냅킨으로 입을 닦고 방을 나오니, 상담센터 유리문 너머로 두 사람의 실루엣이 보였다.

"들어오세요."

아쉽게도 소영은 잠시 기다려달라는 선택지를 떠올리지 못했다. 허겁지겁 창문을 열어 환기를 시키고, 목에 난 땀을 손등으로 훑었다. 센터 유리문이 열렸다. 요한이 체크무늬 패딩점퍼를 입은 진수의 어깨에 팔을 두르고 그녀에게 미소 지었다.

"어서 와, 네가 진수구나. 추운데 선생님이 코코아 한잔 타줄까?"

소영은 상담실 방향으로 손을 뻗어 안내하며 요한에게 눈인사를 건넸다. 부챗살처럼 긴 속눈썹이 하느작하느작 흔들렸다. 소영은 생각했다. 상담료 대신 저녁에 밥이라도 먹자고 해볼까. 밥 먹다 당기면 술 마시는 거고 그러다 불붙으면 더 좋은 거고.

"앞니에 꼬춧가루. 아, 더러."

품행장애가 입으로 왔네, 혓바닥부터 자르고 시작할까.

"첫날부터 미안."

진수가 내담자 좌석에 앉고, 요한이 그 옆에 앉았다.

"쌤, 아줌마한테 얼마 줘요? 싸요, 비싸요?"

느닷없이 소영의 목에 가격표가 붙었다.

"그런 거 신경 쓰지 말고, 네 기분이나 요즘 들어 생긴 걱정 같은 거 말씀드려."

"그니까 싸요, 비싸요? 아빠 말이 여자랑 노닥거리면서 시간 죽이려면 무조건 10만 원은 줘야 한댔어요."

혓바닥이 아니라 모가지를 자르는 게 도리이고 순리일 것 같았다. 머리에 피도 안 마른 어린놈이 자신을 창녀 취급하는데, 요한은 손가락을 세워 쉬, 하는 흉내만 냈다. 순식간에 체기가 소영의 명치를 뒤틀었다. 입안을 겉도는 고춧가루가 느껴졌다. 속이 메슥거리고 시야가 어질어질했다. 책상 앞에선 그녀를 빤히 바라보는 두 사람의 얼굴이 흐릿했다. 요한이 소영을 향해 무언가 말을 했지만 목소리가 들리지 않았다. 대신 전화 혼선처럼 낯선 사람들의 대화가 귀에 울렸다.

"괜찮아."

나이 든 여자의 목소리였다.

"함모니, 뭐다고?"

이번엔 아이의 목소리였다.

"다시 태어나면 돼."

여자.

"다시 태어날 기회는 여섯 번이야."

또다시 여자의 목소리. 그러고는 눈앞이 번쩍하더니 영문을 알 수 없는 목소리가 그쳤다. 지상에서 소영이 들을 수 있는 소리도 거기서 끝났다. 그녀는 고개를 들어 버르장머리 없는 소년과 사랑스러운 요한을 바라봤다. 아니, 조금 더 객관화해서 설명하자면 고개를 들어 소년과 요한을 보고 싶었지만 그 순간 소영에겐 고개도 눈도 없었으므로 아무것도 할 수 없었다. 그저 암흑의 공간 속에 반딧불처럼 의식만이 존재했고, 어렴풋이 세상 모든 게 사라졌다는 걸 느꼈다.

권력자 중 한 명이 핵폭탄 스위치를 눌렀거나 소행성과 충돌했거나 지각이 융기했을지도 모른다고 소영은 생각했다. 중요한 건 그녀가 29년간 밟고 섰던 지구는 재 가루나 먼지로도 존재하지 않는다는 거였다. 소영에겐 과정이나 원인은 중요하지 않았다. 결과적으로 세상이 종말을 맞이했는데 왜 그녀만 홀로 의식이 남아 있는지가 의문이었다. 어쩌면 이대로 억겁의 세월을 버텨야만 소멸될 수 있는 지옥에 떨어진 게 아닌가 싶었다. 이런 공상도 잠시, 얼마 지나지 않아 소영은 진짜 지옥을 경험했다. 통증이 느껴졌다. 물리적으로 존재하지도 않는 주제에 머리가 아팠다. 아니, 가슴인가. 어쩌면 배, 그것도 아니라면 허벅지. 그러다 암흑 사이로 무명실 같은 흰빛이 새어 들었다. 통증은 거세졌고 육신도 없는 자아가 비명을 지르려고 애썼다.

"아아아악!"

짐승의 울음처럼 비명이 터져 나왔다. 가느다랗던 빛이 팡, 터져 세상을 밝혔다. 주위를 둘러보니 대학원 시절 내내 살았던 고시원이었다. 세 평짜리 비좁은 방엔 침대와 행거, 접이식 밥상뿐이었다. 소영은 침대에서 몸을 일으켰다. 연보라색 수면바지 엉덩이가 축축했다. 간밤에 생리가 시작된 터였다. 침대맡에 놓아둔 두루마리휴지를 풀어 젖은 수면바지 위에 덧댔다. 그러고는 베개 아래 손을 넣어 핸드폰을 꺼냈다. 2005년 5월 3일 9시 7분이었다. 그 얘기는 부모님의 잇단 죽음과 그 후 센터를 개원하고 요한을 만난 일이 전부 꿈이라는 의미였다. 빨리감기나 건너뛰기 없이 매 순간이 정속으로 흐른 3년이 어떻게 꿈일 수 있는지, 소영은 믿기지 않았다.

*

"별일 다 있다고 주절거리면서 욕실에 들어갔다 기절했어. 거울에 비친 나는 스물여섯 살 와꾸가…… 몰골이 아니었거든. 그때부터 지옥이 시작된 거지. 다른 사람들은 모두 회춘했고, 심지어 우리 부모님은 멀쩡히 살아 있는데 나 혼자 시간을 역행한 거야. 네가 태어난 순간에 말이지."

소영은 책상 서랍에서 두툼한 노트 한 권을 꺼냈다. 그녀는 2005년 5월 3일 이후의 삶을 기록했다. 언제나 기록은 기억보다 믿음직하니까.

"선생님, 병원 다녀봤어요? 약 먹으면 나을 거예요. 우리 할머니도 비슷한 병에 걸렸거든요."

재이는 진지하게 소영이 조금 미쳤다고 생각했다. 무서우면서도 안쓰러웠다. 누구라도 자기를 믿어주기 바랐는데, 정작 믿어주는 사람이 나타나니 제정신으로 보이지 않았다. 기묘한 모순처럼 느껴졌다.

"다른 사람도 아니고 네가 안 믿으면 어떡해. 네가 만든 종말이잖아. 적어도 너는 믿어야지. 송재이, 이렇게 안심할 때가 아냐. 잘못해서 네가 또 죽기라도 하면 난 지금 이 모습으로 스물여섯 살이 된단 얘기야, 어?"

소영은 제 딴엔 호소력 있게 설득한다고 눈썹을 한껏 치켜들었지만, 재이의 눈엔 섬뜩하기 그지없었다.

"또 죽는다고요?"

"종말의 순간에 너와 어떤 할머니의 목소리를 들었어. 다시 태어날 기회는 여섯 번이라며. 그게 무슨 뜻이겠니. 여섯 번 죽을 수도 있단 얘기지."

재이는 울음을 터뜨렸다. 소영이 무서워서가 아니었다. 그녀의 말이 너무나 설득력 있어서 뼛속까지 얼어붙는 느낌이었다. 상담실 밖 소파에 앉아 있던 은혜와 유진이 엉거주춤하게 일어섰다. 그 실루엣을 감지한 소영이 얼른 재이의 입을 틀어막았다.

"진정해. 내가 도와줄게. 네가 안 죽고 버틴 덕에 난 요한 씨랑 사귀고 있어. 간신히, 혼신의 힘을 다해 유혹에 성공했다고. 그러니 백스텝 밟을 순 없어. 너는 어떻게든 내가 지켜."

소영은 진심이었다. 동갑이지만 한참 연상연하 커플로 보이는 둘은 결혼을 전제로 사귀고 있었다. 벌써 1년 반이 흘렀고, 주택청약에 당첨돼 내년 초에는 결혼과 동시에 입주할 예정이었다. 그간 소영은 종말 이전의 삶과 현재의 삶을 대조하며, 자신이 미친 게 아니라 무언가 혹은 누군가로 기인해 물리법칙이 망가졌다는 걸 확신했다. 그게 재이라는 결론에 이르자 묵은 감정이 복받쳐 올라 가슴이 뻐근했다.

절망과 공포에 휩싸인 어린 재이 그리고 그 아이를 지켜야 보통 사람처럼 미래를 꿈꿀 수 있게 된 소영은 서로를 끌어안고 소리 죽여 울었다.

"할머니가 변했다는 게 어떤 의미야? 얼굴이 달라졌다는 거니? 아니면 말투?"

술렁였던 마음이 수그러들자 둘은 조금 냉정한 태도로 종말 직전의 상황을 정리할 수 있었다.

"다, 조금씩이요. 할머니만 변한 게 아니라 전부 달라졌어요. 소파, 벽지, 액자 같은 것도 다."

소영은 노트에 상담 내용을 적어나갔다.

"조짐은 훨씬 전에 있었을 텐데 네가 어려서 모르고 지났을 거야. 32개월 때 죽었으면서 그 정도 기억하는 것도 대단한 거니까. 둘이 있을 땐 반말해도 돼. 사실 네가 내 인생의 갑이니까 뭐라 불러도 네 맘이지."

남이 들으면 기함할 말이 튀어 나갔다.

"조짐은 뭐고, 갑은 뭔데?"

재이가 물었다.

"반말 적응 빠르네. 조짐은 아직 모를 나이구나. 그건 뭔가 느낌 같은 거야. 감기 걸리기 전에 등이 시려운 거랑 비슷하지. 으슬으슬 춥다가 갑자기 기침 나오고 열나면 감기잖아. 으슬으슬 단계가 조짐이야. 그리고 갑은 대장이란 뜻. 영어로 캡틴."

"그럼, 선생님은 나를 캡틴이라고 부르면 되겠네."

재이는 그저 흔한 꼬맹이가 아닌 근사한 별명으로 불린다는 게 기분 좋았다.

"그래, 캡틴. 이제라도 조짐을 느끼면 얘기해야 해."

상담을 시작한 지 어느덧 한 시간 반이 흘렀다. 유리문 너머로 불안한 표정의 은혜와 유진이 다가왔다 멀어지기를 반복했다.

"만약에 조짐이 느껴진다 치고, 내가 그걸 선생님한테 말했다 치고, 선생님이 들었다 치면."

재이가 한 호흡에 긴말을 쏟아내곤 소영을 뚫어지게 바라봤다.

"그래, 치면."

소영도 재이의 작은 입술을 바라봤다. 우주가 시작되고 종말 하는 구멍치고 앙증맞고 부드러워 보였다.

"선생님이 종말을 막으려면 그 괴물을 죽여야겠네. 불타는 괴물 말야."

앙증맞고 부드러운 입에서 나오기 힘든 얘기였다. 재이는 궁금했다. 대책이란 게 있어서 묻는 얘긴지, 아니면 불안하니까 무어라도 하겠단 얘긴지.

"그래야 하나? 어, 아무래도 그래야겠네. 그게 확실하지."

사실 소영은 후자였다. 아무리 급박해도 살인할 순 없는 노릇이었다. 대책 같은 건 없지만 조짐이 생겼을 때 피할 방법을 궁리해볼 셈이었다. 그런데 재이는 조금 더 확실한 방법을 제안했다.

"만약 괴물이 김요한 선생님이면 어떡할 거야?"

소영은 말이 턱 막혔다. 이 꼬마가 자기를 시험하는 건 아닌지 잠깐 의심도 했다. 하지만 시험한다 한들 어찌할 도리가 없었다. 소영의 운명을 손에 틀어쥔 사람은 재이니까. 그리고 솔직히 남자는 차고 넘쳤으니 다시 사귀는 것도 나쁘지 않았다. 막상 요한과의 섹스는 퇴근 후 유산소운동을 해야 마음이 편해지는 직장인의 일상과도 같은 행위였다. 살인자가 될 생각은 결코 없었다. 요한이 괴물이라면 안경만 빼앗아도 맥을 못 출 터였다. 그래도 소영은 재이를 안심시켜야 했다.

"제거할 테니 걱정 마."

소영이 대답하자 재이가 짧은 다리를 힘겹게 꼬고 한 손을 내밀어 악수를 청했다.

"좋아. 캡틴, 열심히 버티고 다음 주에 만나."

소영이 재이의 손을 힘주어 잡았다.

*

조짐은 이듬해, 그러니까 재이가 만 6세가 된 며칠 후 시작되었다. 유치원 앞 화단에 상추 씨앗을 뿌리는 날이었다. 부드러운 흙을 손가락으로 쿡 찌르고 그 안에 상추 씨앗 몇 알을 넣고 다시 덮는 일은 시시하면서도 재미있었다. 재이는 자신이 뿌린 상추 씨앗에서 엉뚱하게 거대한 콩나무가 자라면 좋겠다고 생각하며 물조리개를 가져와 흙을 적셨다. 앞집이 중령의 아들 준서도 물조리개를 들고 재이 곁에 섰다.

"지금 집으로 가. 그리고 너네 엄마 핸드폰을 부숴, 그러마."

말이 더디고 행동도 굼뜨고, 무엇보다 수줍어서 또래 앞에서는 고개도 들지 못하던 준서가 정확한 발음으로 말했다. 말끝에 붙는 '그러마'만 제외하면 섬뜩하리만치 어른스러운 말투였다.

"너 지금 나한테 한 말이야?"

"어, 너한테 한 말이야. 시간이 없어. 10분 내로 못 하면 이번에도 넌 죽는다, 그러마."

그 말을 마치고 준서는 물조리개를 툭 떨어뜨렸다.

"내가 죽는다고? 네가 그걸 어떻게 아는데, 어?"

준서는 어느새 겁먹은 얼굴로 어깨를 움츠렸다.

"대답해봐. 어디서 들은 거야. 누가 가르쳐줬어?"

재이는 준서의 어깨를 양손으로 잡고 흔들었다. 그러자 준서의 엄마이자 유치원 교사인 민경이 달려왔다. 준서의 얼굴이 땀과 눈물로 번들거렸다.

"준서, 왜?"

민경이 방금까지 준서와 있던 재이를 눈으로 흘겼다.

"준서야, 뚝 그치고 말해봐. 재이가 뭐라 그랬어?"

준서는 입을 열지 않았다. 멀뚱하게 서 있는 재이를 바라보며 턱을 작은 살구 씨앗 모양으로 구기고 울었다. 그때 재이의 귀가 먹먹해지며 숫자 세는 소리가 들렸다. 그것도 영어로. 원, 투, 쓰리. 숫자 하나에 1초가 지나갔다. 어쩐지 뛰어야 할 것 같았다. 준서가 또박또박 말한 대로 집으로 달려가 엄마의 핸드폰을 부숴야 목숨을 부지하리란 확신이 생겼다. 재이는 물조리개를 내려놓고 화단을 빠져나왔다. 재이를 주시하고 있던 민경이 뒤를 쫓았다. 그녀는 또래보다 많이 늦된 준서가 또래보다 앞선 재이에게 휘둘리는 게 분명하다고 생각했다.

"송재이, 친구 괴롭혔으면 사과해야지 왜 도망가? 거기 안 서!"

재이보다 민경의 걸음이 빨랐다. 게다가 한 치수 크게 산 재이의 장화가 몇 걸음 못 가 벗겨졌다.

"선생님, 준서가 집에 가라 그랬어요. 저 가야 해요. 살고 싶단 말예요."

민경이 재이를 번쩍 들어 올려 안았다. 그러고는 속삭이듯 말했다.

"이제는 거짓말까지 하네. 너 아주 못된 애구나."

몸부림을 쳐봤지만 화가 단단히 난 민경은 재이를 놓아주지 않았다. 눈물을 철철 쏟으며 재이는 준서를 바라봤다. 그의 입술이 나인, 텐, 일레븐을 발음했다.

600초가 지난 후에야 민경은 재이를 내려놓았다. 파랗게 질려 바들바들 떠는 재이에게 다시 사과를 강요했다. 어쩔 수 없이 준서에게 손을 내밀었다.

"이제 난 어떻게 돼?"

재이가 떨리는 목소리로 물었다.

"무슨 말이야. 악수는 왜 해?"

준서는 아무것도 기억하지 못했다.

재이의 걱정과 달리 엄마의 핸드폰에선 아무 일도 벌어지지 않았다. 다행이라고 생각하면서도 재이는 그날 화단에서 준서가 했던 말이 내내 찜찜했다.

조짐이 현상으로 드러나기까진 오래 걸리지 않았다. 초여름부터 재이는 유아 수영강습을 받게 되었다. 집에서 한 시간 거리의 일산 범고래수영센터였다. 1주 차엔 수영장 가장

자리에서 발만 텀벙거려 지루했는데, 킥판을 잡고 음파음파 호흡 연습을 하는 2주 차부터 재미가 붙었다. 그렇게 허우적거리다 이따금 고개를 들면 한 층 위 관전실에 있는 은혜가 보였다. 수영장 파란 타일이 관전실 유리창에 반사되어 얼굴을 볼 수 없었지만, 가느다란 실루엣에 물결처럼 흐르는 긴 머리카락 모양으로 은혜라는 걸 알 수 있었다.

"오늘은 팔돌리기 해볼 거야. 선생님 잘 봐. 음, 할 때 팔이 어디 가 있어? 허벅지 앞. 한 번씩 돌려봐. 손 모양은 어떻게 해야 하지? 활짝 펼쳤을까, 오므렸을까?"

왜였을까. 강사가 아이들에게 시범을 보이는 순간 재이의 시선은 관전실로 향했다. 푸른 타일이 어른거려야 할 관전실에 유리가 없었다. 손등으로 눈을 비비고 다시 봐도 관전실은 뻥 뚫린 채였다. 놀란 재이가 몸을 휘청이며 킥판을 놓쳤다. 까무룩 물속으로 빨려들어갔다 겨우 수영강사의 손에 붙잡혀 몸을 가누었다.

"너 물이 얼마나 위험한데 정신 팔고 있어! 자, 여러분. 방금 봤지? 다들 킥판 잘 잡아."

재이는 수영강사의 말에 고개를 끄덕이고 다시 한번 관전실을 올려다봤다. 여전히 수영장이 얼비치던 유리는 사라진 상태였다. 그러자 재이의 눈에 관전실 내부가 훤히 보였다. 그곳엔 은혜가 없었다.

“물 한잔 마시고 할래? 너 많이 놀랐지?”

재이가 눈을 끔벅이며 은혜가 있던 자리를 바라보자 수영강사가 다가와 몸을 흔들었다.

“선생님, 저기 왜 유리가 없어요?”

재이가 관전실을 손가락으로 가리켰다.

“있는데? 늘 있었고 지금도 있잖아. 쌤 무서우라고 장난치는구나.”

쌍꺼풀이 짙고 콧대가 아그리파처럼 높은 미남이었다. 그가 근사한 눈썹을 한껏 치켜들고 장난스러운 표정을 지었다.

“아닌데, 진짜 없는데…….”

재이의 눈에만 관전실 유리가 사라지고 내부가 선명히 보인다는 뜻이었다. 이것도 조짐이라고 할 수 있는 걸까, 아니면 또 다른 초능력이 생긴 걸까. 재이는 혼란스러웠다.

“장난 그만하고 물 한잔 마시고 와.”

수영강사의 목소리가 낮게 가라앉고 쉰 듯한 목소리로 바뀌었다. 재이가 그의 얼굴을 다시 봤다. 젊고 싱그러운 청년은 사라지고 머리 벗겨진 오십대 남자가 서 있었다. 눈꺼풀은 늘어지고 코는 조금 더 길어졌다. 배도 불룩 나오고 겨드랑이 털은 새치가 섞여 있었다. 불과 이삼 초 사이에 수영강사는 20년쯤 훌쩍 늙어버렸다. 늙은 남자는 팔을 뻗어 수면을 살짝 건드리고는 물에 떠 있는 아이들 곁으로 걸어갔다.

다른 사람이라면 몰라도 재이에겐 있을 수 있는 일이었다. 초능력이 아니라 조짐이 확실하다고 느낀 재이는 물 밖으로 나와 고개를 들어 관전실을 다시 올려다봤다. 벤치뿐이던 심심한 관전실은 서류 캐비닛과 모니터가 빼곡한 사무실로 바뀌어 있었다. 문득 은혜를 닮은 여자가 들어와 목에 건 사원증을 벗어 던졌다. 재이는 여자가 단순히 은혜를 닮은 게 아니라 스타일이 바뀐 은혜가 틀림없다고 생각했다. 짧은 단발에 어깨가 솟은 재킷 차림의 은혜는 단단히 화난 표정이었다. 그녀의 뒤로 키가 크고 따분한 표정의 남자가 다가와 삿대질하며 무어라 나무라는 모습이 보였다. 은혜도 몇 마디 대꾸하다 이내 고개를 숙이고 얼굴을 붉혔다. 남자는 주머니에 손을 꽂고 차갑게 돌아서서 관전실을 나갔다. 눈물이 글썽한 은혜는 마치 창밖을 내다보듯 관전실 창문틀에 손을 짚고 어깨를 들썩였다. 남자에게 꾸중 들은 게 무척이나 억울하고 기막히다는 표정이었다. 갈 길을 잃고 이리저리 시선을 옮기던 은혜가 수영장에 있는 재이와 눈이 마주쳤다. 재이를 바라보던 은혜가 무서운 표정으로 돌변하더니 미친 듯이 고함을 지르며 두 팔을 교차시켰다. 소리는 전해지지 않았지만 은혜의 입 모양이 말했다. 하지 마, 절대 하지 마.

*

소영이 상담실 블라인드를 내렸다.

"캐릭터와 공간이 바뀌고, 갑자기 분위기가 전환되며 장르도 달라지는 느낌……. 냄새나 소리 같은 건 똑같았고?"

소영의 물음에 재이가 어른처럼 한숨을 내쉬고 고개를 끄덕였다.

"응, 쌤이 보기에 이거 조짐이야?"

"조짐을 넘어선 현상 같아. 보통 사람에게는 그런 일이 절대 일어나지 않아. 모든 사물과 인간은 아주 느리게 마모되지. 마모, 닳는단 뜻이야. 그렇게 닳고 헐어서 나중엔 영영 못 쓰게 되는 거야. 그 과정을 지루하게 쳐다보는 게 인생이지. 아, 지겨워."

소영은 상담실 유리문 너머에 앉아 있는 은혜를 유심히 봤다. 쉬지 않고 누군가와 메시지를 주고받는 손놀림이 평소와 달랐다.

"그 후로 캡틴 엄마는 어때? 공격적으로 행동하진 않아? 말투나 성격 같은 거."

"역시 엄마가 괴물이라고 생각하는구나."

"뭐, 그건 아닌데 무서운 얼굴로 쳐다봤다는 게 마음에 걸려. 캡틴네 엄마가 화내는 모습은 상상이 안 되거든. 여자들

중에는 남한테 화낼 줄 모르는 사람이 많아. 그게 자식이어도 마찬가지지. 1회 차 때도 할머니한테 찍소리, 아니 한마디도 못 하고 아빠한테 전화로 하소연만 했다며. 나 같으면 확 뒤엎었을 일인데 말야."

은혜는 변함없었다. 다시 긴 머리칼에 원피스 차림으로 돌아와 재이의 수영복을 벗기고 샤워시킨 뒤 집에서 챙겨 온 파우더를 겨드랑이와 허벅지 사이에 도닥거려주었다. 그러고는 복도로 나와 자판기에서 소다 맛 음료수를 뽑아 재이에게 건넨 뒤 잠시만, 하고 관전실로 들어갔다. 한 10분쯤 흐른 후 돌아온 그녀는 콧노래를 흥얼거리며 운전을 하고 마트에 들러 소시지와 케첩을 샀다.

"반대야. 엄마는 아주 행복해 보여. 집에선 늘 헐렁한 티셔츠나 고무줄바지를 입었는데 요 며칠은 원피스나 청바지를 입었어. 아마 내가 유치원 갔을 때 어딜 다녀오는 것 같아. 화장도 하고 머리도 예쁘거든."

"캡틴은 어쩌다 일산으로 수영을 다니게 됐어? 여기도 수영장 있잖아."

소영은 짚이는 게 있지만 상대가 어린아이란 사실을 깨닫곤 말을 돌렸다.

"엄마 친구가 거기서 수영 가르쳐. 국가대표 선수 출신이라던데 근육맨에 잘생겼더라. 아마 늙으면 별 볼 일 없는 아저씨가 될 거야. 내가 본 게 그 아저씨 미래 같거든. 역시 남자는 머리숱이 중요해."

재이의 말에 소영은 속으로 뇌까렸다. 역시 그거구나. 한 달 전, 같은 유치원 아이가 핸드폰을 부수라는 말의 의미를 이제야 넘겨짚을 수 있었다. 둘은 아마도 SNS로 다시 소식이 닿았겠지. 그러다 결혼 소식을 전하고, 아이가 있다는 이야기에 근육맨이 수영강습을 제안하고, 캡틴의 엄마는 몇 날 며칠을 망설이다 거길 찾아갔고, 캡틴이 다른 강사에게 강습받는 사이 둘은 옛 추억을 더듬더듬. 캡틴이 유치원에 가면 드라이브를 슬금슬금. 하지만 어디까지나 추측일 뿐이었다. 소영은 차마 자신의 의심을 털어놓을 수 없었다.

"우리 엄만 아니야. 스타일만 바뀌었다니까. 난 수영 쌤이 괴물 같아."

소영은 아직 누가 괴물인지 알 수 없었지만 재이를 겁주고 싶지 않았다.

"나 수영 끊을게. 그럼 아무도 안 죽을 거야. 조짐을 아니까 간단하네, 그치?"

"수영 끊을 수 있음 끊어봐. 만약에…… 계속 수영 다니게 되면 엄마 폰으로 나한테 연락해줘야 해, 알았지?"

"걱정 마. 유치원도 아니고 수영 끊는 건데 엄마가 왜 반대하겠어."

호언장담하며 재이가 상담실을 나섰다. 그러나 상황은 재이의 생각과 달리 흘러갔다.

"그까짓 수영? 송재이, 그게 너한텐 하찮아? 뭐든 한번 시작했으면 끝까지 최선을 다해야지 재미없다고 때려치운다는 말이 어떻게 나와? 누가 너더러 수영선수 되고 금메달 따랬어? 취미가 있어야 나중에 취향이라는 것도 생겨. 엄마처럼 자기 취향 없이 이리 휘둘리고 저리 휘둘리며 살래?"

좀처럼 화낼 줄 모르는 은혜가 언성을 높였다.

"물에 둥둥 떠서 팔다리 휘젓는 건 지금도 꽤 잘한단 말야. 다른 건 포기 안 할게. 태권도나 발레도 좋아. 수영만 아니면 돼."

헤어롤로 탱글탱글하게 컬을 만든 머리에 폴로원피스 차림의 그녀가 우아스럽게 재이의 손목을 쥐었다.

"가서 선생님께 네가 직접 말씀드려. 마지막 수업까지 끝나면 공손하게 인사드리고 돌아오는 거야."

"나 수영 쌤 만나기 싫어. 엄마가 전화로 얘기하면 되잖아."

승강이가 길어졌다. 은혜는 책임감, 의리, 예의 등을 이유로 기어코 재이를 차에 밀어 넣었다. 은혜의 핸드폰은 거치대로 옮겨져 내비게이션이 되었다. 소영에게 연락할 짬을 놓친 거였다. 누가 봐도 괴물은 수영강사인데, 마지막 인사를 하러 간다는 건 절호의 기회를 주는 셈 같았다. 재이는 수영장으로 향하는 차 안에서 내내 울었다. 아빠와 요양원에 있는 할머니 그리고 서울 이모, 유치원 친구들이 생각났다. 죽는 게 그리 아프지 않다는 건 경험으로 알고 있었지만 태어나는 순간의 고통은 다시 느끼기 싫었다. 안녕, 여섯 살 나의 인생. 나는 또 괴물에게 잡아먹히러 가. 아차, 우리 늙은 소영 쌤은 어쩐다.

3회 차

용서할 수 있을까

7회 차의 재이는 한참을 떠들다 어느새 잠이 들었다. 은혜가 재이를 안아 침대로 옮겼다. 유진이 군납이라 적힌 캔맥주를 따 아내에게 건넸다. 둘은 벗어놓은 양말처럼 각자 거실 한쪽에 퍼더앉아 맥주를 마셨다.

"은혜야, 초등학교 동창이 수영선수랬지? 그거 재이도 알아?"

행여 어른의 말을 주워듣고 상상의 나래를 펼친 게 아닌가 싶어, 유진이 물었다.

"걔랑 연락 끊긴 게 언젠데. 싸이월드 닫고 쭉 소식 모르고 지냈어. 수영강사를 하는지 생수 장사를 하는지 난 아무것도 몰라."

사실이었다. 스마트폰이 생긴 지도 얼마 안 되었다. 그 친구의 연락처는 업데이트되지 않아 여전히 017로 시작했다.

“일단 엄마 진료부터 알아봐야겠다. 백병원이나 동국대병원으로.”

유진은 맥주 캔을 구기고 새 맥주를 가져왔다. 그는 일찍 돋은 새치가 하얗게 깔린 뒷머리를 슥슥 문지르며 생각에 잠겼다. 유진도 자신의 엄마가 예전과 달라진 걸 느꼈다. 작년부터 사소한 일로 역정을 내거나 바쁜 시간에 집요하게 전화 걸어오는 일이 잦았다. 재이의 말대로라면 그녀는 이미 회복 불능 상태였다.

“오빠는 엄마 생각부터 하네. 난 우리 딸 재이…… 어떻게 키워야 할지 막막한데.”

은혜가 맥주를 두 손으로 감싸고 이마를 기댄 다음 흐느꼈다.

“예전에 병원도 여러 군데 다녔다잖아.”

은혜가 아직 남은 맥주 캔을 우그러뜨렸다.

“좋아, 그 말을 다 믿는다고 쳐. 그럼 가장 말이 통했다는 센터라도 찾아가봐야지. 그 사람은 우리 재이를 알아볼 거 아냐. 안 죽는다며?”

유진은 캔맥주를 내려놓고 은혜에게 다가갔다.

“잘 생각해봐. 재이가 얘기한 순댓국집 자리 건물……. 1층에 뭐가 있나?”

재이의 말은 거의 대부분 그럴듯했다. 딱 하나, 센터와 소영 빼고.

“수혁중학교 옆 회전로터리, 거기 그냥 비어 있지 않아?”

순댓국집 사장 부부가 죽은 후 그 자리는 줄곧 비어 있었다. 유진은 순댓국집을 볼 때마다 입지도 좋고 부지도 넓은데 왜 공실로 내버려두는지 늘 의아하게 생각했다.

"센터 얘기만 빼면 모든 게 딱 들어맞아. 재이 깨면 더 들어보자."

유진은 어둑한 안방 침대에 누워 쌔근거리며 잠든 재이를 쓸쓸하게 바라봤다. 어디부터가 진실이고 어디까지가 망상인지 알아야 했다. 부부는 아이를 가운데 놓고 나란히 누워 선잠을 잤다. 어떻게 누워도 가슴이 무겁고 눈꺼풀이 가벼웠다. 결국 날이 밝기도 전, 은혜는 핸드폰을 들고 건넌방으로 들어갔다. 그녀는 어둠 속에서 페이스북 앱을 다운받았다. 그러자 수십 명의 친구 목록이 펼쳐졌다. 알 수도 있는 사람 중에 눈에 익은 이름 이상훈이 들어왔다. 그의 현재 소속은 일산 범고래수영장이었다.

"쉬 좀 하고 맘마 먹을게."

잠에서 깬 재이는 소변만 볼 생각이었지만, 얼결에 대변까지 보고 그 탓에 목욕과 양치질까지 했다. 그리고 요거트와 딸기, 시리얼 몇 숟가락을 아침으로 먹으며 어제 하다 만 이야기를 시작했다.

"소영 쌤은 엄마가 나를 죽일지 모른다고 생각한 거 같아. 난 수영 쌤한테 꽂혀 있었고. 결론은……."

'엄마가 나를 죽일지'라는 말에 은혜가 불쾌한 표정으로 헛웃음을 터뜨렸다.

"엄마였어."

재이가 은혜를 괴물로 지목한 순간 핸드폰으로 상훈의 메시지가 날아왔다. 원당초 김은혜, 맞지? 2회 차 때와 같은 메시지였다.

"재이야, 그런 말 하는 거 아냐. 엄마가 어떻게 너를, 내 피와 살인 너를 죽……. 그럴 수 없어. 다 때려치우고 싶어도 너 때문에 사는데, 어떻게 너를."

은혜는 마치 자신이 방금 딸의 가슴을 찌른 칼이라도 쥔 양 두 손을 펼쳐 보이며 울먹거렸다. 그녀를 바라보는 재이의 눈에 잠시 물기가 어렸다. 다 때려치우고 싶은 인생에서 네가 유일한 희망이야, 라고 말했다면 모를까. 너 때문에 어쩔 수 없이 산다는 말은 칼날이 아니라 칼등처럼 무딘 흉기였다. 은혜의 삶이 가드레일을 들이받거나 중앙선을 침범할 때마다 그녀는 자기 자신이 아닌 재이를 핑계 삼아 운전을 이어갔다. 그럴 거면 태우지나 말든가.

"일부러 죽인 건 아니고, 교통사고였어. 그러니까 슬퍼하지 마."

재이는 여러 생을 그래왔듯 이번에도 거짓말을 했다. 사실 자신을 죽인 건 상훈과 은혜 모두의 책임이었다. 수영이 재미없다고 말하러 간 그날, 재이는 익사했다. 괴물이 나타나 죽을 때까지 물고문을 한 건 아니었다. 먼저 온 아이들이 레일에서 자유수영을 하고 있었다. 재이에게 수영복을 입힌 은혜는 친구와 잠깐 할 얘기가 있다며 돌아섰다.

"송재이, 나 킥판 놓고도 수영 된다. 볼래?"

재이가 수영장 가장자리에 쪼그리고 앉자 동갑내기 아이가 킥판을 놓고 팔을 휘돌리며 5미터쯤 나아갔다.

"그 정도는 나도 해."

레슨팀에서 제일 못하는 동갑내기가 킥판을 놓고도 헤엄치는 걸 보니 재이도 욕심이 났다. 배운 대로만 하면 그 애보다 훨씬 잘할 수 있을 것 같았다. 하지만 근처에 엄마나 수영강사가 있으면 언제 괴물로 변신할지 몰라 겁이 났다.

"그럼 너도 들어와."

동갑내기의 말에 재이는 주변을 둘러봤다. 아쿠아로빅을 끝낸 노인 한 무리가 샤워실로 향했다. 전신수영복을 입은 중년 강사가 바닥에 부려놓은 허리벨트와 밸런스링을 정리하고 그 뒤를 따랐다. 재이는 고개를 들어 관전실을 올려다봤다. 은혜와 수영강사가 각자 팔짱을 끼고 침울한 얼굴로 대화 중이었다.

"너보다는 내가 잘하지."

유력한 괴물 용의자가 먼 곳에 떨어져 있으니 비로소 마음이 놓였다. 재이는 호기롭게 수영장으로 들어갔다. 두 손을 킥판에 올려놓고 발차기를 하자 몸이 앞으로 나아가는 게 느껴졌다. 재이는 킥판을 손에서 놓고 팔을 저었다. 음파음파, 호흡도 잊지 않았다. 수상한 조짐만 아니었다면 계속 다니고 싶었는데 아쉬웠다. 음파음파, 파파음음 파파음음음. 호흡의 리듬이 엉켰다. 호흡을 타고 물이 목구멍으로 넘어왔다. 몸이 가라앉자 발차기는 나아가기 위한 동력이 아니라 살기 위한 저항이 되었다. 다른 레인에 있던 아이들이 비명을 질렀다. 재이는 두 팔을 퍼덕이며 물 밖으로 아주 잠깐 머리를 내밀었다. 그 짧은 찰나에 눈에 들어온 건, 관전실 유리창에 고개를 바짝 붙이고 재이를 내려다보는 단발의 은혜와 늙은 수영강사였다. 놀라거나 겁먹은 표정이 아니었다. 레슨 계약을 앞두고 요일과 시간을 조율하다, 문득 재미난 광경에 시선을 옮긴 사람들 같았다. 둘은 텅 빈 눈으로 재이가 익사해가는 모습을 관찰했다. 재이가 물 밖으로 또다시 고개를 내밀었을 때 단발의 은혜는 손가락으로 숫자 5를 만들어 보였다. 남은 환생 횟수를 의미했다. 이번 회 차 괴물은 엄마, 은혜였다.

7회 차의 은혜는 당연하게도 지난 과오를 잊었다.

"수영 레슨 같은 거 안 시킬게. 아니, 앞으로 운전은 오빠만 해. 카시트도 큰 걸로 바꾸자. 그럼 괜찮은 거지?"

은혜가 울었다. 재이는 아직까지 엄마를 용서하지 않았다. 동창과 썸타느라, 어쩌면 썸이 아니라 제대로 각 잡고 바람피우느라 딸을 죽게 내버려둔 엄마였다. 교통사고로 둘러댄 건 순전히 아빠 때문이었다. 3회 차 인생에서 있는 그대로 까발린 적이 있었는데, 그 여파로 엄청난 비극에 휘말린 탓이었다. 그래서 재이는 한 번도 용서하지 않은 엄마를 용서한 척해야만 했다. 간혹 궁금했다. 종말이 없었다면 자신이 죽은 다음에 엄마는 누굴 핑계로 살아갔을지.

"아빠가 하나만 물을게, 재이야."

유진이 우는 은혜의 등을 쓸어내리며 힘겹게 입을 열었다.

"말해봐."

"네가 말한 정소영이란 사람 지금 어딨니? 맘뜻소아청소년상담센터는 파주에 없어."

유진은 아군으로 변장한 적군과 마주 선 것처럼 목소리와 자세를 낮추고 눈빛을 곤두세웠다.

"소영 쌤은 2회 차 인생에서 이미 삼십대 중반이었어. 지금이 7회 차야. 몇 살쯤 됐을 거 같아? 6회 차에서 난 열아홉 살까지 살았단 말야. 할머니가 됐을 거야. 고작 스물아홉 살인데 허리도 굽고 관절도 휘었겠지. 아빠가 쌤을 찾아줘."

소영이 지금 어디 있는지, 재이는 알 수 없었다. 6회 차 인생에서 그녀는 종적을 감췄으니까. 유일한 조력자, 정소영을 찾아야 했다.

소영은 결혼 전날 피부과에서 두 번째 종말을 맞이했다. 물광주사를 맞고 마사지룸에서 모델링팩을 얹은 채 요한과 통화 중이었다.

"왜 밖에서 사 먹었어? 급식 잘 나오잖아. 아니, 웨딩 끝나고 집들이하면 되지 나 없는 자리에서 왜 자기가 식사를 쏘는데. 또 윤 선생이 꼬드긴 거야? 저번처럼 김요한 선생님 품절남 돼서 저 쪼끔 서운할라 해요, 그런 거 같은데? 아니긴 뭐가 아냐. 카톡에서 하던 말 얼굴 보곤 왜 못 하겠어."

소영은 홧홧한 얼굴로 요한의 대답을 기다렸다. 그와의 연애는 뜨뜻미지근했지만 저온에도 화상을 입는 게 사람 마음이었다. 반듯하고 다정한 요한은 학교에서 인기가 많았다. 특히 요한의 대학 동문인 사회과 윤 선생은 늦은 밤에도 선배 뭐 해요, 메시지를 보내고 수영복 입은 셀피나 디즈니 캐릭터 필터를 씌운 사진을 전송했다. 소영의 신경을 긁는 건 윤 선생의 노골적인 수작이 아니었다. 메시지마다 따박따박 답장을 써주고 이모지를 붙여주는 요한이었다. 요한에게 불평 많고 가난한 형제자매가 없어 다행이라고 생각한 적이 있는데, 차라리 찰거머리 혈육이 낫다 싶기까지 했다.

"왜 아무 말 없어? 긍정의 의미야? 여보세요, 김요한 선생님. 변명이라도 좀 해보시라고요."

소영은 이어폰에 문제가 생겼다고 생각했다. 그때 까르르 웃음소리가 들렸다.

"송재이, 나 킥판 놓고도 수영 된다. 볼래?"

찰박찰박 물소리.

"그 정도는 나도 해."

"그럼 너도 들어와."

"너보다는 내가 잘하지."

재이의 목소리와 함께 콧구멍과 입으로 감당할 수 없는 거센 물이 공기처럼 들이닥쳤다. 얼굴에 붙인 모델링팩을 떼려고 손을 들었을 때, 아니 손을 든다고 생각했을 때 자신은 세상에 존재하지 않았다. 또다시 재이가 죽었고, 종말이 찾아왔다.

소영은 2005년 5월 3일 아침 고시원에서 눈을 떴다. 의식을 찾자마자 그녀는 손끝으로 얼굴을 더듬었다. 결혼이 임박해 굶다시피 다이어트한 탓에 탄력을 잃은 뺨과 턱선이 느껴졌다. 첫 번째 종말에서 소영의 생체 나이는 스물아홉 살이었다. 거기서 5년을 버티고 종말, 리셋 되어 7년을 더 버티고 세 번째 종말을 맞이했으니 지금은 사십대 중반일 터였다. 나이 지긋한 모습으로 석사논문을 쓰고, 부모의 죽음을 겪고, 상담센터를 열고, 요한을 만나 다시 사랑에 빠질 자신이 없었다. 그녀는 생리혈로 축축한 팬티를 느꼈다. 울어도 세상이 바뀌지 않을 거란 걸 알면서도 소영은 베개에 얼굴을 묻고 신생아처럼 사력을 다해 목청을 터뜨렸다.

소영은 마스크를 쓰고 석사과정을 마쳤다. 계절이 바뀔 때면, 김장이 익으면, 소영의 생일이나 명절쯤에 그녀의 부모는 귀향을 독촉했다. 그러나 돌아갈 수 없었다. 겉늙은 모습을 설명하기 싫었고, 우연이라도 아직 젊은 요한의 눈에 띄고 싶지 않았다. 불과 몇 개월 전까지만 해도 소영은 윤 선생을 질투할 수 있었다. 그렇게 해도 이상하지 않은 나이와 처지였으니까. 이제 소영은 재이를 만날 명분을 갖기 위해 석사논문을 쓰고, 안티에이징을 하며 부모의 죽음을 기다려야 했다. 그리고 모든 순간을 기록했다. 헌 몸으로 다시 태어난 순간의 참담함부터 누군가 아줌마라 부르면 자연히 뒤돌아보게 되는 황당함까지 빠짐없이 기록했다. 재이를 만나면 얘기해줘야지, 그 애는 지금쯤 한창 정신과 순례를 다니겠구나, 하며.

소영의 부모는 이번에도 몇 시간 차를 두고 사망했다. 경찰은 몇 번이고 그녀의 얼굴과 가족사진 그리고 주민등록증 사진을 대조했다. 지문까지 찍은 다음에야 얼추 마흔 중반의 그녀가 오십대 중반 부부의 외동딸이라는 것을 인정했다. 맘뜻소아청소년상담센터를 개원하고 얼마 지나지 않아 요한이 찾아왔다. 그는 이번 생에도 여차하면 학교 담을 뛰어넘고 친구들에게 삥을 뜯는 진수에게 책임감을 느끼고 있었다.

"김요한 씨는 좋은 선생님이네요."

소영은 목이 메어 그의 이름과 좋은 선생님 사이에서 잠시 입을 벌리고 있었다.

"초임이거든요. 다들 그러지 않나요. 첫 제자이자 첫 문제아니까요. 걔도, 저도 서로를 포기하긴 이릅니다."

요한이 담백한 얼굴로 대답했다. 그의 안경을 벗기고 날렵한 코와 얄팍한 입술, 조금 나붓한 턱을 매만지며 잠들었던 날들이 있었다. 자다 목이 말라 눈을 뜨면 침대맡에 생수 한 병이 놓여 있고, 그 물을 마시고 다시 누워 잠들면 병이 사라져 있곤 했다. 요한은 언제나 소영보다 몇 시간을 앞서 준비하고 행동했다. 그런 사람에게 사랑을 느끼는 건 소영뿐이 아니었다. 신경이 과민해서 혹은 집착과 강박으로 요한을 다그친 게 아니었다. 8주의 상담이 끝나고, 몇 개월 후 이번엔 윤 선생이 자신의 제자 둘을 상담시키고 싶다며 센터를 찾았다. 남자친구가 소개해줬다는 말이 첫인사였다.

"역시 김요한 씨는 좋은 선생님이었네요."

소영은 이제야 요한을 완전히 사랑할 수 있었다. 이제는 경계근무 서듯 요한의 주변을 감시하며 그에게 접근하는 수상쩍은 여자에게 경고를 보낼 필요가 없어졌다. 소영은 수혁중 협력 상담사로 계약을 맺었고, 그걸 계기로 요한과 가까워졌다. 일주일에 한두 번 술이나 밥을 먹고, 주말에는 윤 선생까지 셋이서 영화를 보기도 했다. 사랑의 감정은 자유였고 여전히 망상 속에선 요한과 침대를 뒹굴었지만, 소영은 차분하고 쿠션 좋은 사회 선배로 위장하며 그들 곁에 머물기로 했다.

2011년 늦여름이 되어서야 소영은 재이와 재회했다. 만으로 6세니 한 차례 죽음의 고비를 넘기고 아직 수영을 배우기 전이었다. 빰이 수척한 은혜와 유진은 한창 잘 먹어 훌쩍 큰 재이를 데리고 상담신청서를 작성했다. 형식적으로 부부와 대화를 나누고 심리검사 결과지를 읽는 척했다. 부부가 일어서고 재이가 들어오는 짧은 몇 초 동안, 소영은 어떻게 처신해야 할지를 고민했다. 바로 조금 전까지만 해도 왜 조심하지 않고 또 죽어서 이 사달을 만들었냐고 따질 셈이었다. 하지만 그 말이 얼마나 지독스러운지 심리상담사인 소영은 잘 알고 있었다. 침몰하는 배에서 구출해야 하는 승객의 순서처럼, 아이는 늘 배려가 필요한 약자였다. 왜 죽었냐는 질문은 왜 태어났는지 묻는 것만큼이나 나빴다.

"생각보다 얼굴이 예쁘잖아."

재이가 콧등에 삼지창 모양의 주름을 만들며 환하게 웃었다. 그녀의 한마디에 소영은 갈피를 잡지 못해 이리 휘둘리고 저리 휘둘리던 마음이 멈췄다.

"캡틴은 아직 꼬맹이네."

재이가 손짓으로 키높이의자를 부탁했다. 소영이 의자를 놓고 재이를 번쩍 들어 앉혔다. 몸을 떼려는 순간, 작은 손이 그녀의 등허리를 꽉 껴안았다.

"미안해, 또 그렇게 됐어."

"괜찮아. 아직은 버틸 만하거든. 나 진짜 봐줄 만해?"

재이가 손을 풀고 소영의 얼굴을 찬찬히 훑었다.

"그때보다 지금이 나아. 저번에 긴 머리, 솔직히 별로였어."

소영은 서랍을 열어 손수건을 꺼내 땀으로 축축해진 손을 닦았다.

"수영장이었지? 이상하게 들리겠지만 나…… 종말 직전에 캡틴 목소리 들었어. 물소리도. 이번엔 괴물이 누군지 모르겠던데."

두 번째 종말까지 겪고 나니, 소영은 자신과 재이가 잘못 엮인 리본처럼 풀리지 않고 서로에게 영향을 준다는 걸 깨달았다.

"괴물 같은 건 없었어. 매번 인간 행세를 한 악당이 나타나는 게 아닌 거 같아. 엄마와 엄마의 썸남이 나를 방치해서 사고로 죽었어."

"이런……."

"엄마를 제거할 수는 없잖아. 나 때문에 산다는 사람인데, 어떻게 없애."

소영은 한쪽 입꼬리를 들어 올려 웃었다.

"엄마가 캡틴 때문에 사는 사람 같아?"

"잊을 만하면, 절대 잊지 말라는 것처럼 나 때문에 산다고 했어."

그건 엄마들이 대를 이어 딸들을 세뇌해온 역사 깊은 멘트였다. 소영의 엄마 역시 자신의 선택으로 빚어진 불행에 늘 소영을 태그했다. 너만 아니었어도 진즉 이혼했다. 너 때문에 참고 사는 거다. 너 없었으면 나도 훨훨 날았을 텐데. 소영은 자신이 태어난 게 죄스러워 엄마의 눈을 똑바로 보지 못했다.

"그런 말 믿지 마. 그리고 누구에게도 하면 안 돼. 우린 누구 때문이 아니라, 자기 선택이 옳다는 걸 믿고 버티는 거니까."

재이는 소영의 말을 이해하지 못했지만 알아듣는 척 잠시 눈을 감았다 떴다.

"쌤, 전생에 내가 마음에 걸리는 사건이 하나 있어. 아무래도 이준서가 뭔가 알고 있는 게 확실해."

소영은 지난 생에 재이가 겪었다는 카운트다운 사건을 기억해냈다. 유치원 화단에서 상추 씨앗을 심다 앞집 아이 준서가 돌변한 일이었다.

"집에 가서 엄마의 핸드폰을 부수라는 거야. 그땐 쟤도 좀 똘기가 있네, 정도였는데 지금 생각해보니까 아냐. 그 시기에 엄마가 수영강사하고 연락을 주고받게 됐거든. 내가 핸드폰을 부쉈으면 불 안 붙어서 싱겁게 끝날 수도 있었던 거지, 안 그래?"

재이는 요즘도 준서를 면밀히 관찰했다. 전생의 그날 하루를 빼고 준서는 마냥 순한 아이였다. 발달이 느려 아직도 에디슨젓가락을 쓰고, 남자애들과 어울리지 못해 여자애들과 소꿉장난을 하고 놀았다. 그마저도 맡는 역할은 늘 아기나 환자, 신호등 같은 것이었지만.

"나 사실 그때 눈치챘어. 괜히 헛다리 짚어서 가정불화 만들까 봐 입 꾹 다물었던 거지. 미안하다, 캡틴."

소영은 자신의 부주의로 세상이 종말 했다는 생각에 절로 고개가 숙여졌다.

"이미 벌어진 일을 어쩌겠어. 살아보니까 실수는 누구나 해. 그러니까 어깨 펴. 앞으론 준서가 전하는 메시지를 꼭 새겨들어야겠어."

"걔 이름이 준서면 혹시 이준서니? 성이 이씨야?"

"어, 맞아. 이준서. 쌤이 어떻게 알아?"

소영은 수첩을 꺼내 차르르 넘기다 중간쯤에서 멈췄다. 그러고는 자판을 다다닥 두들기고 스크롤바를 한참이나 내리다 딸깍 클릭했다.

"상담하고 있는 애야. 관사 살고 너랑 동갑이지?"

재이가 말한 특징과 딱 맞아떨어지는 아이였다.

"정확해!"

"발달이 느린 데다 해리성 기억장애도 있어. 얘도 캡틴처럼 정신과 돌다 결국은 우리 센터에 정착했거든."

준서의 엄마 민경은 유치원 교사이자 이 중령의 아내였다. 여러 번 임신에 실패해 서른아홉 살에 인공수정을 했고, 아홉 달을 누워 있다시피 해 얻은 아이가 준서였다. 민경은 준서가 이따금 눈 맞춤이 안 되고 말투가 변하는가 하면, 모든 질문에 모른다는 대답만 반복한다는 걸 깨달았다. 그것도 일정 기간의 패턴이 있었다. 남편의 급여일, 그러니까 매달 10일쯤 이삼일간이었다. 그 기간 동안에는 순하디순한 아이가 섬뜩하리만치 차갑게 변했고, 엄마인 자신을 아줌마라고 부르거나 유치원 등원을 거부했다. 정신과에서는 어떤 정신적인 충격 이후로 해리성 기억장애가 생겼을 것이며, 성장과 함께 호전될 거라는 대답만 앵무새처럼 반복했다. 결국 민경은 상담 치료를 받으러 맘뜻소아청소년상담센터를 찾았다.

"해리성 기억장애가 뭔데? 쉽게 설명해줘."

재이가 물었다.

"뭔가에 깜짝 놀라거나 무서운 일을 겪은 다음에 생길 수 있는 병이야. 내가 너무 괴로우니까 괜찮은 나와 아픈 나를 나누는 거지. 그래서 가끔 한 번씩 많이 속상한 날엔 괜찮은 나 대신 아픈 내가 되기도 하는 거야."

"더 복잡하네. 내가 둘인데 그중 하나만 나란 거지?"

재이가 어른처럼 아랫입술을 깨물어 각질을 자근거렸다.

"사실 그건 아니지만, 여하튼 아픈 내가 됐을 땐 괜찮은 나를 잊는 거야. 준서는 한 달에 이틀 정도 딴사람처럼 굴고 있어. 지난달엔 하루가 늘어서 사흘이나 그 상태였고 말야."

지난달에 준서는 독감을 핑계로 사흘간 유치원에 결석했다. 은혜는 모르면 몰라도 알고는 그냥 지나칠 수 없다며 준서네 집 현관 문고리에 생강청 한 병과 손바닥 모양의 쿠키가 담긴 종이백을 걸어놓았다.

"어떻게 그러고 살지? 진짜 불쌍하다."

재이의 말에 소영은 어깨를 들썩이며 웃었다.

"누가 누굴 걱정해. 캡틴이랑 내가 더 힘들거든. 준서는 이삼일이면 다시 상냥한 아이로 돌아온다고. 계속 놀이 치료 받으면 좋아질 거야."

재이도 허탈한 웃음을 지었다. 재이의 생과 사는 마치 이음새가 있는 동그라미였다. 이음새 구간을 지날 때 죽고 다시 태어나기를 반복했다. 그런가 하면 소영의 인생은 재이라는 동그라미를 훌라후프처럼 허리에 두른 직선이었다. 세상이 박살 났다 재조립되는 동안 그녀 홀로 머나먼 어딘가를 향해 뚜벅뚜벅 늙어갔다. 그에 비하면 준서는 잘 흐르다 한 번씩 미세하게 끊겼다 이어지는 점선이었다. 한 달에 이삼일 예민하고 싸가지 없는 캐릭터가 되는 것도 그리 나쁠 것 같지 않았다. 재이 반에는 일주일에 한 번씩 콘셉트를 바꿔가며 엘사와 백설공주, 모아나와 헤르미온느가 되는 아이도 있으니까.

"실은 준서가 나한테 쪽지를 보냈어."

재이가 얼굴에서 웃음기를 지웠다.

"무슨 쪽지? 언제? 뭐라 적혀 있었는데?"

은혜가 생강청과 쿠키를 선물한 이튿날이었다. 재이의 집으로 준서 엄마 민경이 찾아왔다.

"덕분에 준서 많이 나았어요. 내일부터는 정상 등원해요."

민경의 손에 대석자두 한 봉지가 대롱거렸다.

"잘됐어요. 재이가 그렇잖아도 준서 보고 싶다고 했어요."

은혜는 없는 이야기를 지어내며 민경이 건넨 자두 봉지를 받았다.

"아직 딴딴해서 며칠 후숙해 드세요."

민경과 은혜의 대화는 늘 그렇듯 서로 할 말만 하고 간결하게 끝났다. 띠동갑을 넘는 나이 차이와 남편들의 계급 차이 그리고 성향과 취미 모든 게 잘 맞지 않는 둘이었다. 은혜는 식탁 위에 자두를 봉지째 내버려두고 세탁실로 향했다. 길게 낮잠을 자고 난 재이는 화장실에 가려다 식탁 위에 널브러진 비닐 속 빨간 자두를 봤다. 한 알만 씻어 맛을 볼까, 냉큼 집었는데 자두 사이에 빳빳한 종이 한 장이 들어 있었다. 반으로 접힌 크리스마스 카드였다. 재이는 내복 윗도리 앞자락에 자두를 슥슥 문질러 한 입 베어 물곤 카드를 펼쳤다. '말하면 죽어'라는 삐뚤빼뚤한 글씨가 노란 색연필로 그리듯 적혀 있었다.

"무슨 뜻인지 몰랐어. 엄마 폰을 부수라는 건 그나마 친절하잖아. 근데 말하면 죽는다는 건 말이 안 되지. 어떻게 아무 말도 하지 말라는 거야. 내가 저를 뭘 믿고……. 아니, 믿어야 하지."

재이는 이마를 손으로 짚고 긴 한숨을 내쉬었다.

"캡틴, 지금은 그 의미를 알 거 같아?"

재이는 고개를 가로저었다. 말하면 죽는다고 했는데, 그 쪽지 이후로 재이는 먹고 자는 시간 외엔 실컷 떠들었다. 그러고도 목숨이 붙어 있으니 별로 믿음직한 예언은 아니라고 생각했다.

"쌤은 준서한테 쪽지 얘기 한번 물어봐. 난 일단 내 임무가 시급해."

"무슨 임무?"

"엄마가 폰 바꿨어. 스마트폰. 그걸로 수영강사하고 연락을 주고받게 될 거야. 또 물에 빠져 죽기 싫단 말야. 생각보다 오래 걸리고 가슴이 타들어가는 느낌이었어."

재이의 말에 소영은 눈을 내리깔고 고개를 끄덕였다. 지난 종말에서 그녀가 느꼈던 고통과 두려움이 되살아났다.

"그래도 캡틴."

"응?"

"말조심해. 무슨 말을 하면 죽는 건지 모르지만, 그래도."

소영은 자신이 하는 말이 어딘가 앞뒤가 맞지 않는다는 걸 알면서도 달리 충고해줄 게 없어 입을 닫았다. 상담이 끝나자 은혜와 유진은 깍듯이 인사를 하고 센터 문을 나섰다.

전생같이 아련한 그 모습을 바라보던 소영은 전생에서 본 장면이 맞다는 생각에 씁쓸히 웃고 말았다.

*

재이는 주말 내내 은혜의 핸드폰을 감시했다. 새로 산 신형 핸드폰에 푹 빠진 그녀는 잠시도 그걸 몸에서 떼어놓지 않았다. 잘 때조차 손에 쥐고 있다, 재이가 건드리기만 해도 알아차렸다.

"송재이, 핸드폰만 보면 바보 돼."

금요일이 되어서야 재이는 부수거나 감추는 대신 진실을 말하고 경고하기로 마음을 고쳐먹었다. 디데이는 토요일이었다. 그날을 넘기면 은혜는 페이스북에 계정을 만들고 상훈에게서 메시지를 받을 터였다. 문제는 격주 토요일마다 요양원에서 지내는 할머니가 외박을 나온다는 거였다. 치매는 그만그만한데 지난가을 침대에서 내려오다 발을 헛디뎌 고관절이 부러져 고생을 했다. 그래도 고령자가 아니어서 뼈가 붙긴 했지만 거동이 예전만 못했다. 아픈 할머니를 괴롭힐 수는 없었다. 재이는 아빠가 할머니를 모시러 간 사이를 틈타 엄마에게 진실을 얘기하기로 결심했다.

군복 대신 가뿐한 티셔츠에 반바지, 캡모자를 쓴 유진이 재이의 배웅을 받으며 집을 나섰다. 은혜는 핸드폰을 보며 한 손으로는 팥죽을 저었다. 팥죽이 펄떡펄떡 끓어 그녀의 팔에 튀자 앗 뜨거, 외치면서도 눈은 핸드폰에 멈춰 있었다.

"엄마, 내가 전생을 다 기억한다고 했잖아."

재이가 식탁 의자에 올라가 은혜와 시선을 맞추고 말을 걸었다.

"그랬지. 그래서 상담받잖아. 좋아질 거야."

은혜는 건성으로 대답했다. 그녀는 실시간검색어에 왜 서세원이 올라왔는지 궁금해 검색 중이었다.

"응, 그건 그렇지. 근데 지난번에 죽은 이유를 얘기 안 했잖아."

은혜가 그제야 재이를 바라봤다. 그녀는 재이의 얼굴이 그 어느 때보다 진지하고 아이답지 않게 그늘졌다는 걸 알아차렸다. 뭔가 중요한 얘기를 꺼낼 것 같았다. 어떤 이야기가 되었든 남편 유진도 함께 들어야 한다고 생각했다. 은혜는 핸드폰을 내려놓고 유진의 번호로 전화를 걸었다. 벨 소리를 낮춰 신호음과 유진의 목소리가 들리지 않았지만 전화를 받았다고 짐작되는 순간 입을 열었다.

"우리 재이 어쩌다 죽었는데?"

"이상훈 선생하고 엄마가 사랑에 빠졌거든. 누군지 알지? 엄마랑 같은 초등학교 나온 수영선수. 아빠 몰래 둘이 사귀다 내가 물에 빠져 죽는 것도 몰랐지."

한 번도 용서한 적 없고, 용서하고 싶지 않은 일이었다. 하지만 아직 벌어지지 않은 일까지 죄를 물을 수도 없었다. 훗날 재이가 두고두고 후회하는 순간이었다.

"재이야, 그런 얘기 하는 거 아냐. 네가 그런 말을 하니까 엄만 괴물을 낳은 것 같다고. 네가 무서운 게 아니라 내가 무서워져."

은혜는 자신이 불륜을 저지를 리 없다고 생각했다. 그녀는 유진과 오랜 연애 끝에 결혼했고, 형편이 넉넉하진 않지만 먼 미래에 연금을 받으며 안정적으로 늙을 생각으로 참아냈다. 그런데 전생을 기억하는 딸이 불미스러운 단어들을 입에 올렸고, 그걸 유진이 실시간으로 듣고 있는 터였다. 물론 유진이 재이의 말을 믿지 않으리라 생각했다. 달궈진 냄비에서 팥죽이 용암처럼 끓어올라 순식간에 운두를 타고 흘러넘쳤다. 커다란 기포가 터지며 은혜의 손등으로 튀었다. 그녀는 비명을 지르고 주저앉았다. 냄비는 넘치고 졸아붙고 타들어가고, 타들어가고.

재이는 일주일 만에 다시 상담센터를 방문했다. 이번엔 유진 없이 은혜와 둘이었다. 은혜의 화장이 두꺼웠다. 심리상담을 받으러 다녀야 할 만큼 정신적으로 불안정한 아이가 하는 말을, 유진은 진실로 받아들였다. 그는 요양원으로 향하던 차를 돌려 집으로 돌아왔다. 그때부터 아직 벌어지지 않은 잘못에 대한 앙갚음이 시작되었다.

"말하지 말라는 게 그거였나 봐. 어쩐지 뱉고 나서 뜨끔하더라. 괜히 내질렀다 싶기도 하고, 기왕 이렇게 된 거 지금 죽고 다시 수습해볼까 했는데, 쌤 생각이 나서 말이지."

재이의 말에 소영은 두 손을 모아 기도하듯 이마에 댔다.

"상황이 어떻게 돌아가는데? 혹시 이혼하기로 한 거야?"

최악의 상황은 이혼하고 둘 중 한 명에게 양육권이 넘어가 상담이 끊길 수 있다는 거였다.

"어쩌면 그게 나을지도 몰라."

재이는 고개를 돌려 은혜가 기다리는 대기실을 바라봤다. 그저 거뭇한 무언가가 미동도 없이 버티고 있는 실루엣뿐이었다.

"그보다 나쁜 일이 있다고?"

"어제 아빠가 이상훈 선생을 찾아갔어. 엄마랑 그 남자는 서로 연락도 주고받은 적이 없는데 말야. 수영장 주차장에서 기다리고 있다가 차로 들이대고 위협했대."

은혜는 사건을 수습할 때까지 재이를 잠실 언니네로 보내려 했으나 차마 입이 떨어지지 않았다. 가뜩이나 친정이 반대한 결혼이었다. 직업이 장교도 아닌 부사관인 데다 홀시어머니 자리인 탓이었다.

"실제 주먹이 오간 건 아닌 거네. 불행 중 다행이다."

사실 소영은 법률 지식이 없었다. 그래도 직접 누구에게 주먹이나 발길을 날리지 않았으니 잘 달래면 넘어갈 법하다고 생각했다.

"쌤, 너무 알못이다. 차로 들이댔다니까. 그것도 죄가 된대. 게다가 아빠 차 트렁크엔 삽이 있었어. 행보관이니까 갖고 다니는 건데 경찰 조사에선 불리했지. 특수폭행이 된 거야."

상황은 걷잡을 수 없이 흘러갔다. 상훈은 경찰을 불렀고, 차에선 무기로 쓸 만한 삽과 끈이 나왔다. 주차장으로 걸어 나온 상훈 앞에 유진이 차를 바짝 들이대고 삿대질하는 모습이 CCTV에 남아 있었다. 지금 유진은 헌병대에서 조사를 받고 있다. 기적에 준하게 운이 좋으면 급여 삭감으로 끝날지 몰라도 지금으로선 불명예퇴직이 확정적이었다.

"확실히 준서는 뭔가 알고 있어. 개랑 계속 친구로 지내야 하는데, 우린 곧 관사에서 쫓겨날 거야."

퇴직하면 관사도 비워야 했다. 갈 곳은 할머니가 살다 비워둔 하천 가장자리 기와집뿐이었다. 위치도 꽤 멀고 더는 군인의 딸이 아니니 유치원도 옮겨야 했다. 그럼 준서가 보내는 경고를 바로바로 주워듣지 못할 테니, 지금보다 더 깜깜이가 될 터였다.

재이는 그날 이후 센터 방문을 끊었다. 1주, 2주, 한 달,

두 달. 소영은 초조한 마음으로 재이를 기다리며 은혜에게 전화를 걸었다. 받지 않았다. 문자메시지에 답장도 없었다. 아직 세상이 종말 하지 않은 걸 보면 살아 있는 건 확실했다. 하지만 안녕하지는 못할 터였다. 주소지로 찾아가려고 마음먹은 날, 소영은 뜻밖의 사람에게서 재이의 소식을 들었다.

"선생님이 재이도 상담하셨구나. 전혀 몰랐어요. 재이 엄마가 좀 앙큼한 데가 있어서 자기 얘긴 안 하거든요."

준서 엄마 민경이었다. 보호자 상담을 하다, 문득 생각난 척 재이의 안부를 묻자 민경이 슬며시 험담을 섞어 대꾸했다.

"그죠? 재이 어머니도 딸만큼이나 기질이 예민하셨어요."

민경의 말투에서 얕은 경멸을 읽은 소영은 맞장구를 쳤다. 그래야 상대가 경계를 허물고 하고 싶은 이야기를 늘어놓기 마련이었다.

"프로라 다르시다. 그런 걸 다 읽으시는구나."

민경은 엉덩이를 들썩해서 상담실 밖을 내다봤다. 준서는 닌텐도에 눈이 팔려 있었다.

"재이네 이사 갔어요. 그 집 신랑이 삽으로 누굴 죽도록 두들겨 팼대요. 들어보니까 거의 살인미수급이던데, 그러고도 말짱한 얼굴로 재이 전원 신청하러 왔더라니까요."

비록 살벌한 방식이긴 했지만 유진은 상훈에게 잠깐 겁을 줬을 뿐이다. 소문은 솜사탕처럼 들척지근한 말이 재료가 되어 금세 소문의 부피를 키웠다. 은혜가 첫사랑과 바람을 피워 일산 어느 오피스텔에 살다시피 하다 유진에게 들켰다는, 그래서 차에 삽을 들고 쫓아가 상간남이 딱 죽지 않을 만큼 공격했다는, 실은 재이의 친부가 유진이 아니라는. 끔찍한 말잔치가 관사를 달궜다.

"이사할 때 내다보니까 그 집에서 술병이 어마어마하게 나왔어요. 소주, 맥주, 막걸리 아주 골고루 마셨더라니까요. 속상하면 술 찾는 마음이야 알죠. 그래도 애가 너무 불쌍하잖아요. 그런 집에서 자랐으니 이런 데 상담받으러……."

민경은 입을 다물었다. 자신의 아이 준서도 상담받는 처지였으니 일반화해서 좋을 것이 없었다.

"어디로 갔는지 아세요?"

"봉일천에 있는 숲속유치원으로 전원했어요. 근데 선생님, 재이 얘기만 하셔서 섭섭해요. 우리 준서도 잘 좀 살펴봐주세요. 애 그제부터 또 딴사람 됐어요. 아주 사람이 아니라 로봇 같다니까요. 안 깨워도 일어나고, 밥때 되면 식탁에 딱 앉아서 기다려요. 무슨 말이든 끝에 꼭 그러마, 라고 한마디씩 붙이고."

소영은 심각한 표정으로 노트에 봉일천 숲속유치원이라고 적었다. 그러고는 얼른 안면을 바꿔 민경에게 웃어 보였다.

"오늘은 가능한 한 대화 많이 끌어내볼게요. 준서 들여보내주세요."

잠시 후, 로봇치고는 무척 말랑해 보이는 빨간 볼의 준서가 들어왔다. 상담실 의자를 보고도 그는 멍한 얼굴로 뻣뻣하게 서 있었다.

"준서, 오늘 기분 어때?"

아마도 내일이나 모레가 되면 준서는 지금 본 것과 들은 것을 깡그리 잊을 거였다.

"김치를 먹었더니 아줌마가 오늘은 웬일로 효도를 다하네 칭찬했어, 그러마."

준서의 시선이 느리게 소영에게로 옮겨 왔다.

"아줌마라고 부르면 엄마가 서운하대."

소영이 준서의 손을 잡고 테이블로 데려와 의자에 앉혔다.

"괜찮아. 난 안 서운하니까, 그러마."

준서의 명랑한 대답에 소영은 고개를 끄덕였다.

"엄마라고 부르지 않는 건 네가 이준서가 아니라서 그렇지? 그럼 넌 누구니?"

지금껏 해보지 않은 질문이었다. 준서는 말 그대로 준서였으니까.

"난 곤잘레스라고 해, 그러마."

평소라면 곤잘레스가 누구이며, 어떤 성격이고, 뭘 하고 싶은지 등을 물었겠지만, 지금 소영은 상담사가 아니라 재이의 조수였다.

"곤잘레스, 너 송재이 기억나니?"

"안 나지만, 그러마."

준서, 곤잘레스는 두 손을 들었다 내렸다 하는 상동행동을 반복했다.

"지난번에 곤잘레스가 재이한테 쪽지를 써줬는데, 그래도 기억 안 나?"

"말하면 죽는다. 글씨를 틀리지 않게 또박또박 힘주어 쓴다, 그러마."

아주 잠시 곤잘레스의 눈에 생기가 돌았다.

"그렇지. 네가 말하면 죽는다고 적어 보냈잖아. 예쁜 글씨로. 그걸 받은 애가 재이야."

"그렇군, 그러마."

곤잘레스가 히쭉 웃으며 두 팔을 들었다 내렸다.

"곤잘레스, 이번엔 할 말 없니? 재이가 이사 가서 만날 수 없게 됐어. 그러니까 나한테 얘기하면 전해줄게. 우리에겐 간절한 일이야. 도와줘."

사실 소영은 큰 기대를 하지 않았다. 이미 곤잘레스는 경고의 메시지를 전했다. 재이의 운명을 바꾸는 게 쉽지는 않을 터였다. 방아쇠는 당겨졌고, 총알은 총구를 나와 목적지를 향해 날아가는 중일 테니까.

"떨어지는 칼날은 위험하다, 그러마."

곤잘레스의 입에서 뜻밖의 말이 튀어나왔다. 격언같이 들리기도 했고, 무사의 전투 비법 같기도 한 말이다.

"뭐?"

소영은 침착을 잃고 큰 소리로 되물었다.

"퀘스트가 완료돼야 레벨업 한다, 그러마."

곤잘레스가 고장 난 로봇처럼 상동행동을 거듭하며 알 수 없는 말을 주절거렸다.

"열 마리의 하마는 하나의 구멍에 들어가지 않는다, 그러마. 나도 레벨업 하고 싶다, 그러마."

소영은 떨리는 손으로 검색창을 열고 곤잘레스와 열 마리의 하마를 검색했다. 그러자 노란색과 검정색 줄무늬 옷을 입은 푸른 하마 이미지가 걸려들었다.

"곤잘레스, 너 혹시 〈동물의 숲〉에 사니?"

그제야 곤잘레스가 입을 다물고 손을 얌전히 모은 뒤 고개를 끄덕였다.

*

재이는 할머니가 살던 낡은 벽돌집으로 이사했다. 관사의 붙박이장과 넓은 베란다에 차곡차곡 수납해놨던 물건들이 좁은 집을 가득 메웠다. 그래서 할머니의 손때 묻은 살림들은 재활용쓰레기로 밀려났다. 앉으면 꼭 한 번 트림 소리가 나는 안락의자, 언뜻 탁자처럼 보이지만 뚜껑을 들어 올리면 재봉틀이 나오는 낡은 가구, 귀퉁이가 닳은 교자상, 누군가의 칠순과 누군가의 승진과 어느 마을인가의 경사가 새겨진 수건들, 나무주걱, 문갑 따위였다.

"정말 기억나는 거 없어? 전생이 다 기억난다며? 그럼 로또 번호같이 중요한 건 외워뒀어야지!"

유진은 식탁을 겸한 책상에 앉아 재이를 윽박질렀다.

"몇 번이나 말해. 난 그런 거 몰라. 죽지 않는 것보다 중요한 게 뭔데?"

재이는 밥에 런천미트와 소시지를 반찬으로 먹으며 꺼져가는 목소리로 대답했다. 유진은 밥풀이 남은 밥그릇에 소주를 가득 채웠다. 그의 눈동자는 개개풀린 지 오래였다. 한 번 시작하면 보통 이틀은 잠도 자지 않고 술을 퍼마셨다. 유진의 몸에서는 벌써부터 노인처럼 은단 냄새가 풍겼다.

재이는 은혜가 말려주길 바라며 안방에 놓인 할머니의 돌침대를 바라봤다. 거긴 비쩍 말라 낯빛이 거무튀튀해진 은혜가 잠들어 있었다. 그녀가 중도의 우울증을 앓는다는 건 이제 막 여덟 살에 접어든 재이도 알 정도였다. 말을 잃었고 죽지 않을 만큼 먹고 마셨다. 하지만 은혜는 정신과 진료는

받지 않았다. 대신 동네 가정의학과에서 수면제를 처방받아 낮이고 밤이고 잠만 잤다. 핸드폰은 늘 무음 상태였고, 친구나 이웃뿐 아니라 친정과도 연락을 끊었다. 은혜는 그런 자신이 산송장 같다고 느꼈지만, 어떻게 부활해야 하는지 몰라 줄곧 잤다. 그 탓에 재이는 전원 신청을 한 유치원에 하루도 등원한 적이 없었다.

은혜와 유진은 요리를 하지 않았다. 그래서 재이가 먹는 건 늘 유진의 술안주인 과자 부스러기와 굽지 않은 싸구려 햄 따위였다. 그게 질려갈 쯤이면 중국음식을 배달시켰고, 그걸 다 먹어치운 다음엔 컵라면을 내놓았다. 재이가 외출하는 날도 있었다. 차는 관사를 나오자마자 팔아버려 어딜 가든 버스를 타야 했다. 재이는 유진의 손을 잡고 버스를 두 번이나 갈아타 예전에 살던 관사 앞 편의점에 도착했다. 그날은 군인들의 급여일이었다.

"선배, 아니 재열이 형. 나 30만 원만 해줘요. 얘 유치원 보내야 하는데 원복도 못 사고 신발도 맞는 게 없어요."

유진보다 군번이 2년 빠른 재열은 산발한 머리에 꾀죄죄한 얼굴의 재이를 보고 한동안 입을 열지 못했다.

"애 유치원 보내야 하니까 돈을 꿔달라고?"

편의점에서 우유와 샌드위치, 하리보젤리를 사 온 재열이 재이 앞에 비닐봉지를 펼쳤다.

"아무리 똥구멍이 찢어져도 자식은 가르쳐야 하잖아요. 형, 빌려줄 거죠? 잠깐, 나 맥주 한 캔만 마실게요."

유진은 재열을 끌고 편의점으로 들어가 스텔라 맥주 세 캔을 들고 돌아왔다. 값을 치른 건 재열이었다.

"거짓말도 정말 악질스럽다. 너 인마, 우리 주아가 재이랑 동갑인 거 잊었냐? 애들 입학이 3주 남았어. 지금 와서 무슨 유치원복을 맞춘다고 돈을 달래. 재이 먹이고 씻기긴 하냐? 나도 이혼한 처지에 할 말은 아니다만, 부양할 능력 없으면 애랑 제수씨는 놔줘야지."

재열의 말에 유진은 입술을 씰룩거리며 눈을 부릅떴다.

"빌려주기 싫으면 싫다고 해요. 그까짓 30만 원 따는 게 어려워서 온 줄 아나? 형 얼굴 보고 싶고, 정든 동네 그리워서 핑계 삼은 거죠. 아직도 계급장이 벼슬인 줄 아나."

유진은 거칠게 맥주 캔을 열어 쉬지 않고 들이켰다. 재열은 뒷주머니에서 지갑을 꺼내 지폐 칸에 든 돈을 모조리 꺼내 테이블에 올렸다. 3만 7천 원이었다.

"30만 원을 따? 너 하다 하다 노름까지 하냐?"

재이가 샌드위치 포장을 벗겼을 때, 유진은 재열의 질문에 성이 나 벌떡 일어섰다. 한 입도 맛보지 않은 샌드위치가 보도블록 위에 펼쳐졌다.

"그런 거 절대 안 합니다. 계속 비아냥거리면 선배까지 날리는 수가 있어요."

유진의 눈에서 짐승 같은 안광을 본 재열이 시선을 피했다.

"그래, 내가 말이 심했다. 너도 가장인데 속이 오죽할까. 일자리 한번 알아봐줄게. 그건 괜찮지?"

유진은 테이블에서 3만 7천 원을 낚아채고 큰길로 나가 택시를 잡았다.

"일 안 하면 폐인 돼. 송유진, 들었냐?"

유진은 오지 않는 택시를 향해 손을 흔들며 재열에게 무어라 욕을 퍼부었다. 마치 처음부터 애 따위는 데리고 나오지 않은 사람처럼 손에 쥔 3만 7천 원이 전부인 사람처럼. 재이는 우유와 젤리가 든 봉지를 잡고 떨어진 샌드위치 중 바닥에 닿지 않은 햄과 빵 한 장을 집어 입에 넣었다. 매일 마지못해 먹는 모든 음식이 그렇듯 차갑고 짜고 단맛이었다. 재이는 등하원길에 늘 지나치던 아파트 조형물을 바라봤다. 여기서 슈퍼문을 봤고 은혜와 함께 유진을 기다렸고 유치원 애들과 술래잡기를 했다. 작은 엉덩이들을 수십 년간 받쳐온 동그란 개구리 모양의 조형물은 반들반들하게 윤이 났다. 좋았던 시절엔 방긋 웃는 개구리라고 생각했는데, 그날 재이의 눈에 비친 개구리는 조커처럼 비릿하게 세상을 비웃고 있었다. 재이가 빠듯해진 운동화 앞코로 개구리의 눈을 걷어찼다.

조용한 시골 관사와 인접한 도로로 개인택시 한 대가 멈춰 섰다.

"애는? 재이는 어딨어?"

재열이 택시 뒷문을 열고 주위를 둘러봤다. 재이는 이대로 숨어버려도 유진이 법석을 떨며 찾지 않으리란 걸 알았다. 하지만 쪼뼛거리며 조형물에서 멀어졌다.

"형, 씨발 그렇게 살지 마요. 딴 주머니 찬 거 빤히 아는데, 내가 그거 사단장한테 보고했으면 선배가 먼저 옷 벗었을 거야. 난 더러운 돈은 안 만졌어요."

재이는 들으면 안 될 말을 들은 것 같았다. 어른들의 세상은 반듯한 곳이 없었다. 모든 귀퉁이가 조금씩 접히거나 더러웠다. 재이는 야, 너 이리 안 와? 하고 소리 지르는 유진에게 다가갔다. 그러고는 쓸쓸하게 내려다보는 재열을 향해 삼촌 안녕히 계세요, 인사하고 택시에 올랐다. 흙에 닿지 않았다고 생각한 샌드위치에서 모래가 씹혔다. 뱉고 싶었지만 삼키는 선택을 했다. 유진은 꼴딱꼴딱 맥주를 마시며 더러운 돈 말고 깨끗한 돈으로 호강을 시켜주겠다는 말을 자꾸자꾸 되뇌었다.

은혜는 잠에서 깼지만 아무것도 하지 않았다. 눈을 뜬 채 그저 벽만 쳐다보며 잘 다녀왔다고 인사하는 재이를 향해 죽지 않았다는 기척으로 어깨를 들썩할 뿐이었다. 그녀가 약을 먹느라 쓴 컵이 개수대에 세 개 놓여 있었다. 유진이 라면을 부숴 새로 캔맥주를 따는 동안 재이는 싱크대로 가 설거지를 했다. 보일러가 시원치 않아 아무리 온수로 틀어봐도 서늘한 물이 어린 살 위로 꼬집듯이 쏟아졌다. 내일 아침밥은 유진이 먹다 남긴 라면 부스러기겠구나. 하리보젤리와 우유겠구나. 점심엔 아마도 냉동만두겠지. 가난해지니 재이는 자꾸 먹는 생각만 났다. 소영조차 희미해졌다.

처음 서너 달은 소영이 자신을 찾아 헤맬지 모른다고 생각했다. 이사를 했다지만 센터와는 걸어서 한 시간 거리였고 은혜와 유진의 연락처가 소영의 노트북에 기록되어 있었다. 시간이 걸릴 뿐, 소영이 자기를 찾는 것을 포기할 리 없다고 재이는 믿었다. 하지만 반년이 훌쩍 지난 지금은 생각이 달라졌다. 세상이 종말을 맞이하지만 않는다면, 굳이 소영이 자신을 찾을 이유가 없었다. 재이는 소영이 보인 친절과 공감이 어쩌면 상담사라는 직업의 특징일 거라고 짐작했다. 그것도 모르고 대장이니 캡틴이니 어깨를 으쓱했던 날들이 우습게 느껴졌다.

“송재이, 그래프 같은 건 기억 안 나?”

유진이 어느새 술 한 병을 비워내고 물었다.

“그래프가 뭔지도 몰라. 2회 차 때 난 겨우 여섯 살이었다니까.”

재이는 어딘가 방문을 닫고 들어가 숨고 싶었지만, 한 방은 은혜가 시체처럼 차지했고 또 다른 방엔 살림살이가 가득했다.

"뉴스에 매일 나왔을 거야. 코스피, 코스닥, 나스닥, 에스앤피500. 거기 나온 산처럼 생긴 선을 생각해봐. 큰 산이었니? 작은 산이었어?"

솔직히 유진도 암담했다. 남은 건 퇴직금 3500만 원이 전부였다. 그중 2천만 원은 합의금으로 썼고, 남은 돈도 술값과 생활비로 탕진했다. 새 직장을 얻으려고 노력도 해봤다. 하지만 늘 특수폭행 전과가 발목을 잡았다. 좁은 지역사회에서 유진은 낙오자였고, 그걸 극복할 만큼 책임감 있는 사람도 아니었다. 이제 유진은 합법적인 도박에 전 재산을 올인할 참이었다.

"아빠, 나 겨우 여덟 살이잖아. 뭘 기대해?"

이제 재이의 초등학교 입학이 일주일 남았다. 예비소집일에도 참석하지 않았다. 주소지를 옮기지 않았으니 관사 근처 회전로터리 한편의 산연초등학교로 배정되었을 터였다. 재이는 유치원 가방에 연필과 지우개를 담아서라도 등교하기로 결심했다.

"뭘 기대하냔다. 딸이라고 하나 있는 게 부모 걱정은 안 하고 전생이니 전전생이니 미친 소리나 찍찍. 너 때문에 내가 못 살겠다."

유진은 식탁 아래서 새 소주 한 병을 집어 올렸다. 너 때문에 산다는 말과 너 때문에 못 살겠다는 말은 정반대면서도 무게는 비슷했다. 재이는 왜 자신이 부모의 삶과 죽음에 책임이 있는지 알지 못했다. 소영에게 묻는다면 가르쳐줄까. 예전처럼 절박하지 않으니, 상담료를 주기 전엔 한마디도 안 해줄 터였다.

"난 그래도 어떻게든 살아볼 건데."

재이는 힘없이 주절거리곤 은혜가 누운 안방으로 들어갔다. 침대 옆에 무릎을 모으고 앉자 벽에 기대놓은 거울이 마주 보였다. 지방과 탄수화물로 피둥피둥 살이 찐 소녀가 웅크리고 있었다. 허옇게 자란 손톱, 지저분한 내복 소매, 떡진 머리와 세상을 저주하는 새카만 눈의 아이였다. 차라리 물에 빠져 죽었다 다시 시작하는 게 낫지 않을까 생각했다.

*

소영은 숲속유치원을 찾아갔다. 송재이라는 아이가 전원한 건 맞지만 등원한 기록이 없으며, 주소지는 여전히 관사로 적혀 있었다. 소영에게 남은 단서는 봉일천이라는 지역 이름 하나뿐이었다. 2만 명에 달하는 거주민을 일일이 찾아

다닐 수는 없는 터, 소영은 숲속유치원에서 가장 가까운 마을의 마을회관으로 향했다. 거기서 그나마 젊은 축에 드는 칠십대들에게 새로 이사 온, 송씨네를 아는지 물었다.

"여기는 황씨 마을이야. 송씨네는 안 살지."

그건 거짓말이었다. 백여 가구 남짓한 황씨 집성촌엔 타성이 드물긴 했으나, 분명 송씨네가 살았다. 유진의 아버지 송영수였다. 그가 죽고 아내가 혼자 살았으나 이태 전 요양원에 들어간 것 그리고 고주망태 아들 내외가 밤짐을 싸 들고 이사 온 것을 잘 알았다. 타성이긴 하나 수십 년을 이웃으로 지내던 송씨네가 곤경에 처한 게 분명한데 낯선 사람이 뒤를 캐고 다니는 거였다. 빚쟁이인지 숨겨놓은 애인인지 알 수가 없으니 모르쇠 할 밖에.

"요만한 애기 못 보셨어요?"

소영은 대꾸 없는 질문을 몇 마디 더 하고 마을회관을 나섰다. 일생 파주가 좁아터졌다고 생각했는데, 참깨만 한 재이를 찾으려니 헛웃음 터지게 광활했다. 현수막이라도 내걸어야 하나 고민하고 있을 때, 뜻밖의 아이디어를 내놓은 사람은 요한이었다. 그는 소영이 상담하던 아이가 연락 두절되었다는 소식을 전해 듣고 제 일처럼 걱정했다. 그러다 신학기 개학일을 며칠 앞둔 주말 저녁, 요한이 노가리를 마요네즈에 찍다 말했다.

"금방 초등학교 입학이잖아요. 주소지 이전을 안 했으면 재이도 관사 애들처럼 산연초등학교에 배정됐을걸요."

학교 앞에서 기다리면 만날 수 있다는 뜻이었다.

"그건 나도 알아. 아직도 재이네 관사로 우편물이 오고 있거든. 전부 체납독촉서 아니면 카드사 우편물이더라. 아이도 아이지만, 부모가 걱정돼. 이상하게 보이지? 나랑 하나도 관련 없는 사람한테 집착하는 거."

요한은 빙그레 웃으며 고개를 가로저었다.

"다른 사람은 몰라도 난 이해해요. 그래서 말인데요. 마트 한번 뒤져보시죠. 방구석 폐인도 먹고는 살아야 하니까 배달시킬 거 아니에요. 봉일천에 큰 마트는 몇 개 없을 거고, 그중 숲속유치원에서 가장 가까운 곳부터요. 어때요, 누님."

어느샌가 요한은 소영을 누님이라고 불렀다.

"배달 차를 계속 따라다닐 수는 없잖아. 요한 씨도 알다시피 큰 마트는 배달 트럭도 여러 대야, 라보 같은 걸로."

소영은 전생처럼 여전히 그를 요한 씨라고 호칭했다. 요한이 맥주 한 잔을 새로 주문하고 의자를 당겨 앉았다.

"그럴 필요가 없죠. 이렇게 해보세요."

요한이 교사답게 조리 있는 설명을 시작했다.

이튿날 소영은 숲속유치원 근처의 한양식자재마트에 들렀다. 재이가 좋아하는 딸기와 한라봉 한 상자씩, 칸쵸와 죠

리퐁을 고르고, 두부 한 모, 애호박 하나, 제철을 만난 섬초도 한 단 샀다. 카트를 끌고 계산대에 간 그녀는 빈 상자를 가져와 계산된 물건들을 옮겨 담았다.

"배달이시죠? 회원번호 있으실까요."

바코드를 다 찍은 계산원이 물었다.

"네, 2708 김은혜요. 등록된 주소로 보내주세요."

소영은 부러 딴청을 피우며 말했다. 그런 회원이 없다고 하면 유진의 이름을 댈 차례였다. 그런데 그의 전화번호를 모른다는 게 문제였다. 빈 상자 위로 비쭉 솟은 섬초 이파리를 바라보는 그녀의 가슴이 두방망이질 쳤다.

"저 그런데……."

계산원이 모니터를 한참 들여다보며 물었다.

"네?"

김은혜 씨가 정말 맞냐고 묻는 걸까, 주소를 다시 불러보라고 하면 어쩌나. 소영의 마음이 타들어갔다.

"점심시간이라 조금 늦을 수 있어요."

상황은 요한의 계획대로 흘러갔다. 누구나 생존에 필요한 물건을 외부에서 구할 수밖에 없었다. 대부분의 공산품은 인터넷 쇼핑몰로도 주문할 수 있지만, 신선식품이나 과일은 가까운 마트를 이용하기 마련이었다. 외출을 꺼리니 주로 배달시킬 거고, 마일리지 적립을 받을 테니 식별번호로 전화번호 뒷자리를 쓸 가능성이 컸다.

소영은 차로 돌아가 배달원이 움직이길 기다렸다. 나이 지긋한 배달원 셋이 사방이 훤히 뚫린 천막 아래서 육개장을 나눠 먹고 믹스커피를 마셨다. 그러고는 나란히 서서 소변을 보듯 주차장 측면 담벼락을 바라보며 담배를 피웠다. 그중 노란색 니트모자를 쓴 남자가 소영이 결제한 물건 상자를 라보에 실었다. 도합 여덟 개의 상자를 싣고 차가 움직였다. 미행이 서툴렀지만 소영은 겁먹지 않았다. 차는 사차선에서 이차선 도로로 빠져나와 산모롱이를 돈 다음 하천 가장자리 벽돌집 앞에 멈췄다. 황씨 노인들이 입을 꾹 다물던 그 마을이었다.

도로보다 계단 한 칸만큼 지대가 낮은 집은 녹슨 파란색 양철대문으로 안에서 당겨야 문이 열렸다. 소영은 반대 차선에 차를 세운 뒤 통화하는 척 핸드폰을 들고 문을 바라봤다. 초인종을 누르고 잠시 기다리자, 검정색 트레이닝복을 입은 유진이 나왔다. 이발이나 면도를 한 지 오래인 듯 그의 머리는 지저분한 단발이었다. 물건을 받은 유진이 고개를 갸웃거리며 배달원에게 뭐라 뭐라 말하는 모습이 보였다. 주문한 적 없는 물건이 왔으니 그럴 만했다.

유진과 배달원은 잠시 인상을 구기며 대화를 나눴다. 배달원은 니트모자를 벗고 민머리를 벅벅 긁고는 다시 짐을 트럭에 실었다. 유진도 대문을 닫고 들어갔다. 소영은 이걸로 만족했다. 정확한 주소지를 알았으니 안심되었다. 그녀는 저만치 낡고 추레한 집 안에 자신의 캡틴이 작은 심장을 통통 뛰며 입학을 기다린다는 생각에 가슴이 뭉클했다. 소영은 아직 자신이 임신할 수 있을지 의문이었지만, 없어도 괜찮았다. 캡틴을 지키는 일 하나도 벅찼으니까.

나흘만 기다리면 1학년 1학기 첫 등교일이었다. 아마도 재이는 은혜나 유진의 손을 잡고 이전 주소지인 관사 근처의 학교로 향할 터였다. 전학을 시키더라도 첫 등교의 의무는 지킬 부모라고 생각했다. 미리 기다리고 있다 우연히 마주친 것처럼 깜짝 놀란 연습만 하면 되었다. 무료 방문상담을 제안할 계획이었다. 이제 언제든 마음만 먹으면 재이를 만날 수 있었다.

*

재이는 유치원 가방에 짐을 챙겼다. 교과서도 없고 실내화는 작아졌다. 반쯤 쓴 연습장에 연필 대신 검정색 색연필을 담았다. 유진은 잔뜩 취해 식탁에 엎드린 채 코를 골았다. 은혜는 새벽녘까지 선잠을 자다 현실로 돌아오기 두려워 남은 수면제 세 알을 털어 넣고 조금 전에야 잠들었다. 깨어 있다 해도 무기력한 그녀는 저녁이나 돼서야 겨우 화장실에 가려 일어날 터였다.

재이는 하는 수 없이 혼자 욕실에 들어가 머리를 감았다. 대야에 찬물을 담아 머리를 감았다. 샴푸를 여러 번 펌프질해도 기름진 머리카락은 거품이 일지 않았다. 곰팡이가 거뭇한 칫솔을 헹궈 이를 닦고 세수도 했다. 건넌방 옷 상자 어딘가에 변변한 점퍼와 원피스가 있을 테지만 꺼낼 자신이 없었다. 재이는 때 탄 내복 위에 작아진 스웨터와 멜빵바지를 입고 집을 나섰다. 눈이 시리다 못해 골이 아플 만큼 환한 초봄의 햇살이 재이의 얼굴로 쏟아졌다.

재이는 자신이 다녀야 할 학교가 아마도 관사 근처인 산연초등학교라고 짐작했다. 주머니에는 꼬깃꼬깃한 만 원짜리 지폐 두 장이 있었다. 이사하는 날 재열 삼촌이 손에 쥐여준 용돈이었다. 그간 몇 번이나 소영을 만나러 가고 싶었지만, 용돈을 써버리면 입학식에 갈 차비가 부족할지 몰라 꾹꾹 참아왔다. 재이는 천변을 따라 10분쯤 걸어 택시 정류장 앞에 멈췄다. 택시비가 얼마나 나올지 몰라 재이는 마음을 졸이며 뒷좌석에 탔다.

"아저씨, 만 원어치만 태워주세요."

재이는 야단을 맞을까 봐 목을 움츠렸다. 초로의 택시기사는 첫 손님부터 꾀죄죄한 어린애를 태운 게 마뜩잖았다.

"너 어디 갈 건데?"

"산연초등학교요."

"만 원으로는 회전교차로 근처밖에 못 갈 거다. 그래도 가?"

산연리에 살 때는 늘 엄마나 아빠가 운전을 하고 카시트에 앉았다. 차로 가면 회전교차로에서 산연초까지 5분 거리였지만, 아이 걸음으로는 얼마나 걸릴지 몰랐다. 그래도 거기까지만 가면 아는 길이 나오니 등교할 수 있었다. 재이는 택시기사에게 만 원을 미리 건넸다.

"덩치는 큰데 왜 유치원 가방을 메고 다니냐? 너 몇 킬로야?"

운전을 하며 기사는 담배를 물었다. 라디오에서 장윤정의 〈어머나〉가 흘러나왔다. 재이는 자신의 체중을 몰랐다. 집에 체중계도 없었고 그사이 엄마와 목욕탕이나 병원에 가지도 않았다.

"아마 20킬로."

6개월 전의 무게였다. 정성스러운 하루 세끼를 먹고 놀이터와 유치원을 망아지처럼 들뛰던 시절이었다.

"으른한테 그짓말하는 거 아냐. 넌 30킬로도 넘겠다. 여자애가 벌써 뚱뚱하면 나중에 어쩌려고? 너 과자, 젤리, 삼겹살 같은 거 좋아하지? 그게 팔자 망치는 음식이다. 요즘은 뚱뚱한 아가씨들이 꼴값을 떨고 미니스커트 입고 다니는데 남의 딸년이라도 걱정이더라. 시집은 못 간다고 봐야지."

재이는 기사의 말에 고개를 들어 차창에 비친 제 얼굴을 봤다. 찬 바람에 빨갛게 달아오른 뺨이 궁둥이처럼 부풀었다. 살에 묻혀 눈도 코도 작아진 것 같았다. 작년까지만 해도 너무 커서 어른이 되어야 입을 줄 알았던 멜빵바지가 빠듯했다. 온종일 집 안에 갇혀 어린아이가 할 수 있는 일은 무언가를 먹는 것뿐이었다. 재이는 지루해도 먹었고, 우울해도 먹었다. 읽고 또 읽어 이제는 외워버린 동화책을 펼칠 때에도 뭔가를 오물거려야 다시 읽을 인내가 생겼다. 그렇게 런천미트와 라면, 마트에서 배달 온 빵과 중국음식으로 몸이 불었다. 재이는 팔자 망치는 음식을 먹고, 언젠간 미니스커트를 입으며 꼴값을 떠는 어른이 되고 싶지 않았다.

기사가 회전로터리 가장자리에 택시를 세웠다. 미터기엔 8700원이 찍혔지만 그는 거스름돈을 주는 대신 미터기를 꺼버렸다.

"여기 정차 안 돼. 얼른 내려라."

기사의 말에 재이는 큰 실례를 저지른 것 같아 황급히 택시에서 내렸다. 산연초등학교는 회전교차로에서 3시 방향으로 길을 건너면 나왔다. 거기라면 관사 유치원 아이들도 올 테니 준서랑도 마주칠 것 같았다. 노란색 유치원 가방에 실내화도 없는 모습을 보여주기 싫었다. 곱게 땋거나 드라이한 머리를 헤어밴드로 넘긴 여자애들 사이에서 빌려 입은 것처럼 팔다리가 짧은 옷차림에 반쯤 젖은 머리로 서 있을 자신이 없었다. 걸음이 점점 느려졌다. 시간은 이미 9시를 넘었고, 입학생들은 부모와 함께 배정된 반으로 자리를 옮긴 뒤였다. 정문에 가까워지자 괜스레 이미 누고 나온 오줌이 마려웠다. 재이는 허리를 조금 숙이고 무릎을 붙여 오줌을 참았다. 덩치만 컸지 마음은 아직 아이였다. 이대로 오줌을 싸버릴지도 모른다고 생각했다.

"캡틴, 캡틴 맞지?"

수치심으로 제자리에서 언 재이를 녹이는 목소리가 있었다. 등교 시간보다 한 시간 일찍 도착해 재이를 기다리던 소영이었다.

"쌤이야?"

정문 옆 횡단보도에 베이지색 모직코트를 입은 소영이 종종걸음으로 뛰어왔다.

"왜…… 왜 캡틴 혼자 왔어? 어쩌다 이렇게 된 거야?"

소영은 부기처럼 살이 찌고 잔뜩 주접이 든 재이를 끌어안았다. 아이의 몸에서 담배 찌든 내와 곰팡냄새가 풍겼다. 소영은 모직코트 앞섶을 펼쳐 이불처럼 만들고는 재이를 감아 들였다. 또래에 비해 키는 작고 인스턴트식품으로 살이

찐 아이. 머리에선 쉰내가 나고 손톱 밑이 새카만 아이. 그녀는 설움에 복받쳐 울음을 터뜨리고 싶은데 아직 시원하게 우는 법을 배우지 못해 어깨만 들썩이는 아이를 온 힘으로 끌어안았다.

"쌤이 나 잊은 줄 알았어."

"미안해, 캡틴. 내가 더 일찍 찾았어야 했어. 이 세상의 주인은 송재이니까 어디서든 잘 지내고 있을 거라고 착각했어."

소영은 몰랐다. 이야기 속 모든 주인공은 결핍과 역경이 있다는 걸. 그걸 버티고 돌파하는 게 성장이란 걸. 왜 그랬을까. 어쩜 그리 안일했을까, 자책했다.

"사과 안 해도 돼. 잊은 건 아니잖아. 버린 것도 아니고."

유진과 은혜는 한집에 사는 재이를 수동적으로 잊었고 자발적으로 버렸다. 소영이 이렇게 기다려준 것만으로도 재이는 발가락 끝부터 힘이 들어가게 든든했다. 비로소 정말 마려웠던 게 오줌이 아니라 눈물이었다는 걸 깨달았다. 굵은 눈물이 멈추지 않고 뺨을 적신 뒤 턱에 모여 뚝뚝 떨어졌다.

소영은 유진과 은혜를 대신해 입학식에 참여했다. 재이는 1학년 4반 12번이 되었다. 강수연이라는 여자 이름의 남자 교사가 담임이었다.

입학식이 끝나자 소영은 재이를 싣고 마트로 향했다. 거기서 백팩과 실내화, 바둑공책, 필통과 연필, 지우개를 샀다.

줄곧 신난 표정으로 쫓아다니던 재이는 어느 순간 침울해졌다. 아무도 신경 쓰지 않겠지만, 밖이 어둑하니 집에 돌아가야 한다는 생각이 들었다. 앞으로 어떻게 등하교를 해야 할지도 막막했다.

"집 근처 초등학교로 전학해야지. 내일 등교 전에 내가 캡틴 집으로 찾아갈게. 나 어딘지 벌써 알아. 잘 설득할 수 있어. 아빠 알코올중독이랑 엄마 우울증 치료도 받게 해줄게. 돈도 거의 안 들어. 시에서 운영하는 지원사업이 있거든."

집으로 돌아가는 차 안에서 소영은 자신의 핸드폰을 재이에게 건넸다.

"나 주는 거야?"

"응, 앞으로 캡틴이 써. 요금은 내가 내니까 걱정 말고. 이제 연애도 안 해서 제법 돈도 많아."

재이는 거절하지 않았다. 핸드폰을 정말 쓸 일이 있을지 의문이었지만, 이 네모난 기계 너머에 소영이 있다는 사실만으로 마음이 푸근했다.

"캡틴, 혹시 곤잘레스가 뭔지 알아? 준서가 자길 그렇게 부르라고 했어. 말끝마다 그러마, 그러마, 하더라."

핸드폰을 켜고 소영이 찍은 사진과 동영상을 구경하던 재이가 웃음을 터뜨렸다.

"그거 〈동물의 숲〉에 사는 하마잖아. 마을 주민 중 하나일

걸. 이준서가 〈동물의 숲〉을 좋아해. 나도 해본 적 있어."

소영이 신호를 만나 멈춰 섰다.

"주민 중 하나란 게 무슨 뜻이야? 같이 게임하는 친구 같은 거야?"

"아니, 걔들은 그냥 이웃이야. 오다가다 만날 수 있는데 딱히 도움도 안 되고 방해도 안 해. 가끔, 아주 가끔 중요한 말을 할 때도 있긴 하지."

곤잘레스는 〈동물의 숲〉 속 NPC라는 얘기였다. 준서의 기억이 끊기는 이삼일간, 그는 오토모드로 전환되었다. 기억을 되찾으면 생각과 취향이 있는 인간 아이 이준서였고, 기억을 잃으면 이따금 중요한 말을 하는 NPC 곤잘레스가 되었다.

"곤잘레스가 말했어. 떨어지는 칼날은 위험하다고."

핸드폰을 두드리던 재이가 놀란 얼굴로 소영을 봤다. 준서가 오토모드에서 한 말은 매번 재이의 인생에 묵직한 영향을 끼쳤다.

"어떻게 피하란 얘긴 안 했어?"

재이가 물었다.

"응. 그냥 그렇게만 말했어. 진짜 준서는 참 다정한데 곤잘레스는 불친절하더라. 캡틴, 내일 날 밝자마자 찾아갈게. 그때까진 부엌 쪽에 가지 마, 알았지?"

소영이 가속페달을 밟았다. 지금의 유진과 은혜가 아이를 양육할 의지가 있는지 면밀히 따져봐야 했다. 파산한 중독자들이라는 게 객관적으로 증명되면 재이를 임시 위탁할 수도 있었다. 소영은 두려운 한편 숨구멍이 열린 것 같아 길게 숨을 내뱉었다. 그러나 다음 날 새벽 2시 17분, 세상은 종말했다.

1시 45분, 소영의 사무실로 유선전화가 걸려왔다. 첫 번째 전화벨은 소영의 잠을 깨웠고 또다시 울린 전화벨은 그녀를 침실에서 맨발로 뛰어나오게 했다. 수화기를 집어 든 그녀가 재이의 이름을 불렀다. 대답 대신 요란스러운 소음이 섞였다. 은혜의 비명과 재이의 거친 숨결, 솨아 하는 물소리였다.

"재이야, 송재이! 무슨 일이야! 캡틴, 대답 좀 해봐."

몇 번이고 재이의 이름을 부른 끝에 한마디 대답이 돌아왔다.

"쌤, 미안해."

소영은 여전히 맨발인 채 차로 달려갔다. 그녀는 속옷도 없이 원피스 잠옷 차림으로 30분 거리를 15분 만에 주파했다. 과속감지카메라가 성실히도 찰칵거렸다. 재이에게 전화를 걸고 싶었지만 핸드폰이 없으니 한시바삐 만나러 가는 수밖에 없었다.

"하아……."

천변을 내달려 도착한 재이의 집 앞 좁은 도로는 소방차 두 대로 막혀 있었다. 소영은 이를 악물고 차에서 뛰어내려 달려들었다.

"저기요, 뒤로 물러서주세요. 진화 작업 안 끝났어요."

재이의 집은 이미 까맣게 불타고 허연 수증기를 뿜어냈다. 안방이 있어야 할 자리는 골조가 주저앉고 벽이 무너졌다. 누가 봐도 생존자는 없었다. 하지만 소영은 아직 세상이 종말 하지 않은 걸로 재이의 생존을 확신했다. 그녀의 눈이 슬레이트 지붕이 텐트처럼 삼각형으로 내려앉은 욕실로 향했다. 통화에서 그녀는 분명 물소리를 들었다. 욕실 잔해 어딘가에 재이가 버티고 있을 터였다.

"안에 아이가 살아 있어요. 누가 좀 들어가봐요."

소영은 서치라이트를 켜고 남은 불을 살피는 소방관에게 매달렸다.

"혹시 가족 되실까요?"

사람의 목숨이 걸린 일에 혈연인지, 아닌지가 뭐 그리 중요한지 몰랐다.

"저 안에 내 모든 게 들었는데 관계를 증명하라고요? 나조차도 확신할 수 없는 걸?"

소영은 그가 도움을 주지 않을 거란 생각에 소방차 운전석으로 뛰어올랐다. 그리고 앞좌석에 놓인 누군가의 핸드폰을 들어 자신의 번호로 전화를 걸었다. 또로로로 또로로로 또로로로로로, 익숙한 벨 소리가 슬레이트 지붕 아래서 자그맣게 울렸다. 서치라이트를 들고 있던 소방관이 무너진 욕실로 뛰어갔다.

화재가 벌어지기 한 달 전, 유진은 요양원에 찾아가 기어코 어머니의 인감을 받아 왔다. 그들이 깔고 앉은 낡은 기와집을 헐값에 팔고 가짜 서류를 꾸려 창업대출을 받았다. 영혼의 말단까지 비틀어 짜낸 돈은 1억 원이 조금 넘었다. 유진은 가파르게 내리꽂히는 어느 제약사 주식을 사들였다. 그 제약사가 개발한 신장암 치료제가 FDA 파이널 리뷰를 기다리고 있었다. 하지만 성분 중 하나에 발암물질이 발견되었다는 뉴스가 터지며 주가는 매일 칼날같이 하한가를 찍었다. 하지만 유진이 고수에게 들은 첩보대로라면 발암물질 성분을 제거하고도 약효는 유효했고 이제 상승 호재만 남았다. 최소 500배는 오를 거라는 소문을 철석같이 믿은 거였다. 유진은 다시 자신감을 되찾았다. 은혜나 재이가 울면 우리 곧 부자가 될 테니 사람답게 살아보자고 큰소리쳤다.

사람답게 살아보자는 유진의 말과 달리 그들 가족은 오갈 곳이 없어졌다. 새 집주인이 찾아와 마지막이라며 퇴거를 요구한 날 유진은 거나하게 취해 검정 비닐봉지를 흔들며 돌아왔다. 그는 옷도 갈아입지 않은 채 안방으로 들어가 은혜

곁에 누웠다. 이사 갈 집을 찾았어. 걱정하지 마. 약기운으로 축 늘어진 은혜가 설핏 웃은 것도 같았다. 한참 만에야 눈가가 불그스름한 채 침대에서 일어선 유진이 봉지를 열어 딸기우유 한 팩을 꺼냈다. 그는 벽에 박힌 못을 물끄러미 바라봤다. 작년도 달력과 함께 은혜의 약봉투가 매달려 있었다. 그 안에는 수면제 외에 약국에서 산 수면유도제도 몇 갑 섞였을 터였다. 유진이 이사 가려는 집은 아주 먼 곳에 있었다. 너무 멀어서 맨정신으로는 지루해 견딜 수 없는 거리였다. 이미 정신을 놓은 은혜는 괜찮지만 재이가 걱정스러웠다. 우드득, 우득. 유진은 어머니의 화장대 위에 걸린 나무 십자가로 약을 빻았다.

재이는 잡동사니를 모아놓은 건넌방에서 소영의 핸드폰으로 세상 구경을 하고 있었다. 실시간검색어 순위와 내일의 날씨 따위를 보고도 눈이 동그래지고 가슴이 두근거렸다. 늘 하천에서 올라오는 물비린내와 쿰쿰한 곰팡냄새뿐인 이 집은 할머니가 요양원으로 떠날 무렵에서 시간이 멈춘 것 같았다. 하지만 인터넷 세상에는 오늘이 있었고 내일도 어림짐작할 수 있었다. 소영과 재회한 오늘에야 비로소 재이의 시간이 정방향으로 흐르는 것만 같았다. 내일이 있다면 모레도 글피도 있을 터였다.

"재이야, 이거 마시고 오늘은 셋이 같이 자자."

건넌방 문을 열고 들어온 유진이 딸기우유를 건넸다.

"안 먹어. 나 지금 너무 뚱뚱해. 그래서 오늘 창피했단 말야."

밑위가 짧은 멜빵바지 탓에 재이는 온종일 엉거주춤한 자세로 서 있어야 했다. 오랜만에 만난 유치원 친구들조차 재이를 알아보지 못할 지경이었다.

"이건 살 빠지는 우유야. 진짜야."

술 냄새가 짙었지만 유진은 유난히 차분하고 담백한 말투로 말했다. 재이는 열린 문틈으로 부엌을 바라봤다. 준서가 말한 떨어지는 칼날을 피하려고 집 안에 있는 칼이란 칼은 모두 하천에 던져버렸다. 홈런볼 한 봉지로 저녁을 해결한 터라 배가 고팠다. 살 빠지는 우유란 말을 믿은 건 아니지만, 핑계 삼아 허기를 채우기에 나쁘지 않았다. 재이는 유진이 이미 입구를 벌려놓은 우유를 꼴딱꼴딱 삼켰다. 서너 모금 마셨을 뿐인데 머리가 핑그르르 돌았다. 혀 위에 쓰고 텁텁한 알갱이가 겉돌았다. 유진이 무어라 중얼거리는 소리를 들으며 재이는 잠에 빠져들었다.

재이가 다시 정신을 차렸을 때 집 안은 활활 불타고 있었다. 거실에는 명절마다 할머니가 국을 끓이던 커다란 곰솥이 놓여 있었다. 그 안에 든 번개탄이 타며 곰솥 바닥과 맞닿은 카펫을 태웠다. 카펫은 벽지와 나무식탁, 의자 그리고 전

선을 녹였다. 나무신발장에 불이 옮겨 간 탓에 재이는 집 밖으로 도망칠 수도 없었다. 집 안에서 유일하게 탈 것이 없는 공간은 욕실뿐이었다. 재이는 핸드폰으로 소영에게 전화를 걸며 욕실로 걸음을 옮겼다. 천장 조명이 텅텅, 소리를 내며 터지고 벽에서 떨어져 나온 석고보드가 재이를 향해 기울었다. 비명을 질러야 하는데 아무 소리도 낼 수 없었다. 소영은 전화를 받지 않았다. 석고보드가 떨어지기 전 욕실로 뛰어야 했지만 매운 연기 때문에 눈 뜨기도 힘들었다. 그때 안방에서 재이를 부르는 목소리가 들렸다. 엄마 은혜였다.

"내가 너를 어떻게 키웠는데……."

은혜는 게거품을 물고 죽은 유진 아래 깔려 있었다. 엄마를 책임지기에 재이는 너무 어렸다. 그래도 모른 척해버리면 다음 생에 후회할 걸 알았다. 당장 내일도 없는 주제에 다음 생을 걱정하는 자신이 너무 어리석게 느껴졌다.

엄마에게 달려간 재이는 유진을 발로 힘껏 밀쳤다. 떨어지는 칼날에 자신과 아내 그리고 딸까지 살해하려 한 무책임한 남자가 힘없이 반 바퀴를 굴렀다. 은혜는 가까스로 재이의 손을 잡았다. 둘은 약속이나 한 것처럼 욕실로 달려가 문을 닫았다. 그때부터 재이는 죽어가고 있었다. 기도와 폐는 이미 뜨거운 연기로 화상을 입었다. 사이렌 소리가 울렸다. 창문 깨지는 소리와 함께 물소리도 섞여 났다. 집 전체가 하천 방향으로 기우는 게 느껴졌다. 재이는 다시 한번 소영에게 전화를 걸었다. 그리고 익숙한 목소리가 전화를 받았을 때 미안하다는 말을 쥐어짰다. 잠시 후 종말 현상이 벌어졌다. 재 가루를 뒤집어쓴 채 울고 있던 은혜가 말끔한 얼굴로 변기에 앉아 있었다. 천장이 주저앉고 연기가 자욱했던 욕실은 옅은 회색 무광 타일로 마무리된 깨끗한 모양새였다.

"엄마?"

재이는 엄마를 불렀지만 목소리가 나지 않았다. 소변을 보는지 은혜가 깔고 앉은 변기에서 물소리가 났다. 그녀가 임신테스트기를 다리 사이에 넣었다 꺼냈다. 기도하듯 두 손을 모으고 눈을 감았다. 그러고 보니 은혜와는 어딘가 달랐다. 피부가 조금 더 희었고 머리숱도 많았다.

"이번에도 꽝이네?"

은혜가 섬뜩한 표정으로 뇌까리고 물을 내렸다. 또로로로 또로로로 또로로로로, 재이의 손에서 핸드폰이 울렸다. 그리고 세상이 종말 했다.

4회 차

책임질 수 있을까

재이의 전생 폭로에 유진은 욕지기를 참으며 집 밖으로 뛰어나갔다. 자신이 담배를 떨어뜨려 온 가족을 죽음에 이르게 했다는 게 믿기지 않았다. 실상은 더 무책임하고 잔혹한 인간이었지만, 유진은 재이의 거짓말에 깜빡 속아 넘어갔다. 그는 지하 주차장으로 내려와 운전석에 앉았다. 종교가 없었지만 이 순간만큼은 신에게 의지하고 싶었다. 그럴 수 없다면 대리인이라도 붙잡고 꽉 막힌 속을 터놓아야 숨이 쉬어질 것 같았다. 유진은 속이 메스꺼워 창문을 조금 열고 회전로터리 순댓국집으로 차를 몰았다. 가봐야 볼 수 있는 거라곤 거미줄을 허옇게 뒤집어쓴 테이블과 의자뿐인 걸 알았다. 그래도 집을 나선 건 은혜와 재이의 원망 어린 눈빛 때문이었다. 참회한다면 어떻게든 정소영을 찾아오라는 무언의 으름장이었다. 그녀를 찾아야 재이의 죽음을 막을 수 있었다. 유진은 뜨거운 습식 사우나에 앉은 것처럼 숨이 막혀 외투를 챙겨 들고 나섰다.

"지금껏 참새 한 마리 죽여본 적 없습니다. 아무도 해쳐본 적 없고 누구도 상처 입힌 일이 없습니다. 지금까지 그랬고 앞으로도 그럴 겁니다. 약속합니다. 그런데…… 왜 하필 접니까. 여섯 번이나 죽어 환생한 아이를 제게 보낸 이유가 있을 거 아닙니까. 제발 무슨 말이라도 좋으니 대답 좀 해봐요."

주차장 밖으로 나오자 가랑눈이 풀풀 날렸다. 유진은 와이퍼로 눈을 밀어냈다. 앞 유리 가장자리에 죽어 있던 나방이 와이퍼에 밀리며 회색 비늘 가루가 희끗한 호선을 그렸다. 유진의 선배 재열이 음식물 쓰레기를 버리러 나왔다 담배를 피워 물고 그를 향해 알은척을 했다.

"추운데 어디 가?"

"와이프가 심부름시켜서 뭐 좀 사러 가요."

1년째 끊은 담배 생각이 간절했다. 유진은 차를 멈추고 운전석에서 내려 선배 옆에 섰다.

"담배 한 대만 빌려주시죠."

"넌 마, 끊었잖아. 내가 끌게."

선배가 담배를 눈 더미에 비벼 껐다.

"그러지 말고 한 대만."

그가 마지못해 새 담배 한 개비를 건네고 불까지 붙여주었다. 독한 연기가 목구멍을 타 넘자 유진은 머리가 어질했지만, 어질러졌던 마음은 가라앉았다.

"그래서 뭐 사러 가는데?"

그냥 둘러댄 말이라 대꾸할 답이 얼른 떠오르지 않았다.

"순댓국 먹고 싶대요. 회전교차로에 있는 집."

유진의 하사 시절까진 분명 거기 순댓국집이 있었다. 그러다 살인 사건이 일어났다는 흉흉한 소문이 돌았고, 여태 그게 진실인 줄로만 알았다.

"거기 없어진 지 좀 됐잖아. 주인 부부가 급사했지."

조끼에 조거팬츠 차림의 선배는 몸이 시려 두 손을 겨드랑이 사이에 끼었다.

"살인사건 아닌가요? 내연남이 홧김에 죽였다고 소문 돌았는데."

"다 헛소문이야. 내 매부가 형사잖아. 걔 얘기 들어보니까 둘 다 병사였대. 금슬도 안 좋은 양반들이 한날한시에 간 게 신기한 일이지. 딸이 하나 있어서 찾느라 고생했는데 결국 연락 두절됐다대. 시신은 어쨌나 모르겠다."

"사장님이 정씨는 맞아요?"

"야, 이 짱구야. 거기 간판 잘 생각해봐라. 정가네 순댓국이었는데 정씨겠지. 순댓국 사러 갈 거면 당동리 쪽이 나아. 글루 가봐. 난 들어갈란다. 고추 얼겠어."

유진은 필터 끝까지 피운 담배를 음식물쓰레기통에 던지고 운전석에 앉았다. 순댓국집 주인이 정씨가 맞고, 그에게 딸이 하나 있으니 아마도 소영일 터였다. 실체는 분명해 보였다. 하지만 형사가 끈질기게 수소문해도 찾지 못한 사람이었다. 나이가 많다니 죽었을지도 몰랐다. 그런 얘길 재이에게 전할 용기가 나지 않았다. 그는 깊은 무력감을 느끼며 회전교차로로 향했다. 버티컬로 실내를 꼼꼼하게 가린 정가네 순댓국집 유리문에 먼지 더께가 앉은 게 보였다.

"어찌하나이까……."

유진은 일없이 회전교차로를 몇 바퀴 돌다 집으로 돌아갔다. 은혜와 재이는 배고픈 사람이 배달원을 반기듯 그를 맞이했다.

"오빠, 금방 왔네? 만났어?"

유진은 부러 화장실에 들러 나오지도 않는 소변을 보고 오래도록 손을 씻고 외투를 벗어 얌전히 옷장에 걸었다. 시간을 벌며 해야 할 말을 궁리 중이었다. 찾을 방법이 없다고 정직하게 고백하는 게 옳은지, 아니면 희망적인 말로 불안을 누그러뜨린 다음 소영을 찾으러 다니는 게 옳은지 고민했다.

거실로 나오자 은혜가 머그잔에 뜨거운 물과 믹스커피를 섞어 유진에게 건넸다. 그리고 재이가 달려 나와 유진의 허벅지를 끌어안았다. 이내 바지가 축축해졌다. 재이는 소리 죽여 울고 있었다. 좋은 소식이 있다면 시간 끌 이유가 없다는 걸 재이도 알았다.

"딸, 왜 우니? 아빠가 좋은 소식 갖고 왔는데."

유진은 3회 차 때도 재이의 삶을 파탄으로 몰고 갔다. 지금과 비슷한 방식으로.

"정말?"

재이는 내복 소매로 눈물을 닦았다. 유진이 딸을 번쩍 들어 올려 한쪽 팔로 엉덩이를 받쳤다. 그는 이제야 해야 할 말을 정했다.

"아빠 부대 재열 삼촌의 매부가…… 그러니까 여동생 남편이 형사래. 그 사람 말이 정소영은 지금 서울에 살고 있다더라. 곧 연락처 찾아서 알려준다고 했어."

순진한 은혜는 가슴에 손을 얹고 수면에 올라온 해녀처럼 긴 숨을 내쉬었다. 하지만 재이는 달랐다. 3회 차에서 유진이 거짓말하던 순간을 똑똑히 기억했다. 딸 왜 울어. 우리 이제 부자 되는걸. 앞으로 사람답게 살아보자, 응?

"그래, 이번에도 아빠 말…… 믿어볼게."

재이가 유진의 시선을 피해 얼굴을 돌렸다. 때마침 유진의 핸드폰 벨이 울렸다.

"충성, 전파 내용 아직 확인 못 했습니다. 그렇습니까? 지금 바로 들어가겠습니다."

통화를 맺은 유진은 낯빛이 흑색이 되어 황급히 부대로 향했다. 그가 책임지는 계원 중 한 명이 타이레놀 한 통을 다 먹고 자살을 기도했다는 연락이었다. 재이는 지난 생 중 그런 일이 있었는지 되짚어 봤지만 떠오르는 게 없었다. 아마도 목숨은 건졌으니 기억에 남지 않았을 터였다.

"걱정 마. 그 삼촌 괜찮을 거야."

은혜가 핸드폰만 바라보며 애간장을 태우자 재이가 위로했다. 인명사고가 생기면 책임자의 평판은 떨어지기 마련이었다. 유진의 진급도 몇 년 미뤄질 것이고 그만큼 정년이 짧아질 테니 은혜는 조마조마했다.

"정말이지? 그렇담 너무 다행이다."

은혜가 반색하며 안도의 한숨을 내쉬었다. 그녀는 보일러 온도를 올리고 재이를 욕실로 데려가 옷을 벗겼다. 재이의 환생 고백에 충격받은 은혜는 간신히 아이를 먹이고 재우기만 했다. 이제야 씻길 생각이 났다.

"엄마는 욕실 괜찮아?"

재이는 3회 차 인생에서 우리가 욕실에서 죽었다는 말을 전하지 않았다. 행여 은혜가 겁을 집어먹고 인생의 전개를 바꿀까 봐 두려운 탓이었다.

"엄마도 언제부턴가 욕실에 들어오면 왠지 숨 막히더라. 결혼하기 전 외갓집에 살 땐 괜찮았는데 말야."

은혜가 손으로 물 온도를 확인하고 재이의 어깨부터 적셔나갔다.

"안 뜨겁지?"

은혜의 물음에 재이가 고개를 끄덕였다.

"엄마도 숨 막히는구나. 역시 그랬어."

배스폼 거품을 낸 스폰지가 부지런히 재이의 겨드랑이와 목덜미를 훑고 지나갔다. 습하고 따뜻한 공기를 들이마시며 재이는 눈을 감았다. 그리고 언젠가 소영이 알려준 대로 여긴 욕실이 아니라 범고래 수영장이라고 상상했다. 거기라면 화마가 덮쳐도 물로 퐁당 뛰어들면 살 수 있을 터였다. 수증기 가득한 욕조에 서서, 재이는 욕실문을 바라봤다. 문밖에서 깔깔거리는 아이들의 웃음소리가 들리는 것 같았고 삐익, 호루라기 소리가 들리는 것도 같았다. 저 문만 열면 너른 수영장이 있다고 상상하니 막혔던 숨이 트였다. 수영장에서도 죽어봤고, 욕실에서도 죽어봤는데 둘 중 하나는 위로가 되고 하나는 공포가 되다니 참 이상한 일이었다.

4회 차 인생에서 소영은 스스로 재이를 찾아왔다. 재이 나이 3세가 되었을 무렵 집 우편함에 보육도우미 이력서를 넣었다. 고학력자에 인상도 푸근한 아주머니가 가사와 보육을 포함해 월 50만 원이라는 말도 안 되는 인건비를 제시하자 은혜는 솔깃했다. 군공무원인 남편 월급으로 내 집 장만이나 재이의 교육비를 마련하는 일이 신기루처럼 느껴졌을 무렵이었다. 결혼 전에 잠실 언니의 미용실에서 미용 기술을 배워 3년이나 일한 경력도 아까웠다. 손이 더 무뎌지기 전에 다시 가위를 잡아야겠다고 마음먹었다. 그 뒤로 소영은 매일 8시에 출근해 저녁 7시에 퇴근하는 재이의 전담 매니저가 되었다. 그러기를 10년. 이제 소영은 노안이 와 다초점렌즈 안경을 쓴 중년이 되었다.

"그런데 수영장은 또 괜찮더라. 심지어 좋아. 여름방학엔 수영 다닐 거야."

재이가 욕실 바닥에 엎드려 머리를 감는 동안 소영은 변기를 닦았다.

"수영장 익사사고는 뭘 느끼기엔 너무 순식간이었지. 화재 때가 더 고통스러웠던 거고. 캡틴, 욕실이 무서우면 수영장에 달린 욕실이라고 상상해봐. 언제든 마음만 먹으면 문을 열고 나갈 수 있는 거지. 화재가 나면 물로 퐁당 뛰어들 수 있잖아."

재이는 린스 바른 머리를 물로 헹구고 손을 뻗었다. 소영이 얼른 마른 수건을 건넸다.

은혜의 미용실은 제법 잘 굴러갔다. 변두리 낡은 건물 2층에서 시작해 이제는 문산 시내 1층에 자리를 잡고 보조미용사도 구했다. 덕분에 소영의 월급도 50에서 80, 100, 이제는 150만 원으로 올랐다.

"쌤은 퇴근하면 뭐 해? 요즘은 요한 쌤하고 연락 안 하지?"

화장대 앞에서 재이의 머리를 말려주는 소영의 분주한 손놀림이 잠시 느려졌다. 요한 얘길 꺼낼 때면 눈빛이, 손짓이, 입매가 어색해졌다.

"연락해. 오늘도 만나기로 했고."

재이의 계산대로라면 요한은 이제 겨우 삼십대 초반이었다. 언뜻 봐도 사십대 후반에서 오십대 중반으로 보이는 소영과 어울리는 게 자연스럽지 않았다. 둘이 어떤 관계로 남은 건지 재이는 궁금했다. 화장대 거울로 재이가 소영과 눈을 맞췄다. 그녀가 드라이어를 끄고 재이의 어깨를 돌려 마주 봤다. 안경 아래 화장기 없는 소영의 피부가 자글거렸다.

"요한 씨 결혼했어. 벌써 4년 됐지. 내 페친이거든. 아들 낳고 연년생으로 딸도 낳았더라. 나 거기 이력서 내고 면접 봤어."

소영이 티슈 한 장을 뽑아 재이에게 건넸다. 재이는 느끼지 못했지만 눈물 한 줄기가 뺨을 타고 흘렀다.

"무슨 면접을 봤다는 거야?"

재이는 알면서도 물었다.

"이 나이에 할 수 있는 게 뭐 있겠어. 그나마 오래 해본 일이 보육도우미잖아. 아이가 둘이니까 월급도 더 준대."

티슈를 쓰지 않자 소영이 대신 눈물을 닦아줬다. 재이가 10년이나 부모에게 전생 얘기를 꺼내지 않고 버틸 수 있었던 건 말이 트일 무렵 찾아온 소영 덕분이었다. 그녀가 재이를 대신해 할머니의 알츠하이머 이야기를 꺼냈고, 엄마의 핸드폰을 고장 냈으며, 부부가 벌어들이는 돈을 예금으로 묶자고 제안했다. 이제 모두가 숨 좀 돌릴 만하니 요한의 집에 들어가겠다는 얘기였다.

"찐따 같은 김요한이 그렇게 좋은 거야? 날 내팽개치고 갈 만큼? 정말?"

재이도 요한의 페이스북에 들어가본 적이 있었다. 아무리 봐도 매력이라곤 찾아볼 수 없는 전형적인 수학교사였다. 아내는 평일엔 중학교 국어교사였고 주말엔 주일학교 교사였다. 좋게 보면 수수, 냉정하게 보면 촌스러운 여자였다. 세련된 미인이었던 소영과 비교하기 어려웠다.

"아니, 돈 때문이야. 뭐 처음엔 감정이 남았었지. 결혼할 뻔한 사람이니까. 하지만 지금은 아니야. 정말 생계비가 필요해졌어. 어제 캡틴네 엄마가 날 해고했거든. 이제 살기 위해선 뭐든 해야 돼."

소영은 이번 인생부터 더는 심리상담사로 살아갈 수 없다는 걸 깨달았다. 부모가 남긴 보험금을 받는 일도 예전처럼 수월치 않았다. 신분을 증명해야 하는데 주민등록증 사진과 현재 소영의 얼굴 사이에는 30년 가까운 세월이 가로질렀다. 소영은 대행업체에서 대역을 고용했다. 젊은 날 소영과 닮은 이십대 중반의 대학원생이었다. 순댓국집 자리는 공실로 만들어 편의점에 세를 놓았다. 보증금을 받아 시내에 작은 아파트를 구하고 보니 빈털터리였다. 몇 날 며칠 재이의 집 근처를 얼쩡거리다 짜낸 생각이 보육도우미였다. 그런데 최근

편의점이 폐점을 통보했다. 돌려줘야 할 보증금을 마련하려면 아파트를 내놓을 수밖에 없었다. 그즈음 요한이 입주 보육도우미를 구한 터였다. 소영의 설명에도 불구하고 재이는 좀처럼 마음이 잦아들지 않았다.

"해고 취소하라고 엄마한테 말할게. 쌤은 내 방에서 나랑 살아. 그럼 전 남친 애 봐줄 필요 없잖아."

소영이 무릎을 모으고 이마를 파묻었다.

"캡틴, 어른들은 결정한 일을 쉽게 번복하지 않아."

"그래도 해봐야지. 그거 늘 쌤이 하던 말이잖아. 내가 망설일 때마다 쌤이 그래도 해봐야 한댔잖아!"

재이는 현관을 박차고 나가 은혜의 미용실, 재이재이헤어살롱으로 향했다. 차로 10분 거리였지만 버스 도착 예상 시간이 20분이나 남았다. 걸어가기로 마음먹었을 때 준서가 자전거를 끌고 아파트 입구로 들어섰다.

"곤잘레스, 나 자전거 좀 태워주라."

준서는 4회 차부터 곤잘레스라는 별명으로 불렀다. 요즘은 한 달에 일주일 정도 오토모드로 살며 곤잘레스의 영역이 더 커졌다. 다행히 지금은 이준서의 시간이었다.

"나 한참 타서 다리 아파. 너 탈 거면 빌려주고."

준서가 헬멧을 벗어 재이에게 건넸다. 어려서는 재이보다 키도 작고 몸도 깡말라 볼품없었는데 초등학교 고학년이 되자 훌쩍 커버렸다. 코밑이 거뭇하고 목울대도 볼록하지만 아직 피부가 희고 고와 어린 티가 났다.

“나 자전거 탈 줄 모른다고. 우리 엄마 미용실 데려다주면…….”

뭘로 보상을 해야 흔쾌히 들어줄까. 추운 날씨에도 이마에 땀이 맺힌 준서 얼굴을 보자니 쉽게 입이 떨어지지 않았다. 이럴 시간에 그냥 뛰어갈걸.

“데려다주면 나 내일 교복 맞출 때 같이 가주기. 콜?”

재이는 놀랐다. 고작 이 정도 부탁일 줄은 몰랐다. 재이는 대답 대신 엄지를 치켜들었다. 준서가 재이 머리에 헬멧을 씌우고 입구 경사로로 자전거를 끌고 내려갔다. 재이를 뒷자리에 태운 준서가 열심히 페달을 밟았다. 둘이 나온 유치원, 회전교차로의 편의점, 그 맞은편에 초등학교, 빵집과 수선집, 정관장과 롯데리아를 지나 문산 시내로 접어들었다.

“이준서, 늘 궁금했는데 곤잘레스 모드일 때 네 의식은 어디 있어? 그냥 뚝 끊기는 거야?”

“아마 다른 우주에 가 있을걸.”

준서가 뿜는 하얀 입김이 재이의 입김과 뒤섞여 공기 중에 흩어졌다. 앉은키부터 한 뼘은 큰 준서의 등허리가 어른처럼 넓고 단단했다. 그에 비해 재이는 초경 이후 성장이 멈췄다. 또래보다 키가 커서 그나마 다행이지만 아직 이목구비도 희미하고 몸 선도 수수깡처럼 가늘기만 했다. 살이 잘 찌는 체질이라는 걸 알고 난 다음부터 식성을 많이 바꿨다. 그런데 준서가 늦된 성장을 마치고 어른에 가까워지는 동안 재이는 성장이 제자리걸음인 것 같아 후회했다. 잘 먹고 쑥쑥 자란 다음에 살을 빼도 늦지 않은 게 십대의 특권이라는 걸 뒤늦게 깨달았다.

"거기서 넌 뭔데?"

"어디서든 난 나 아닌가? 사실 몇 년 전에 꾼 꿈처럼 잘 기억 안 나. 꽉 잡아, 길 울퉁불퉁하다."

재이는 헐겁게 잡고 있던 손을 주머니 깊숙이 찔러 넣었다. 그때 준서가 어어, 소리를 지르더니 자전거가 중심을 잃고 우체통을 들이받았다. 준서는 도로 가장자리로 날아가 떨어졌고, 재이는 뒤로 자빠지며 아스팔트 바닥에 뒤통수를 받았다. 이상하게 아프지는 않았다. 큰대자로 누워 올려다본 가로수가 두세 겹으로 보였다. 종말의 조짐일지도 모른다는 생각이 들었다. 낙심하고 있을 때 누군가 재이에게 손을 내밀었다.

"송재이, 너 후드 썼잖아. 괜찮아, 일어나서 걸어봐."

준서였다. 그는 재이의 손을 잡고 번쩍 일으켜 세웠다. 뒤통수를 받긴 했지만 점퍼에 달린 후드를 뒤집어쓴 덕에 다치지 않았다. 두세 겹으로 보이던 가로수도 또렷해졌다. 다친 건 준서뿐이었다. 그는 오른쪽 턱부터 뺨 그리고 귀까지 아스팔트에 쓸려 피가 맺혔다. 준서가 재이의 얼굴과 손을 꼼꼼히 눈으로 훑었다. 다친 곳이 없다는 것을 확인하고 나서야 자전거로 향했다. 걸음이 절뚝거렸다.

“야, 너 어떡해. 가만있어 봐. 119 불러줄게.”

재이는 주머니에 손을 넣었지만 핸드폰이 없었다. 홧김에 몸만 빠져나온 터였다.

“됐어. 여기서 병원까지 3분 거리야.”

준서가 재이 쪽은 쳐다보지도 않고 자전거를 일으켜 세웠다.

“너 진짜 괜찮은 거지?”

“내일 2시에 아이비클럽이다.”

준서는 끝내 괜찮다는 말을 하지 않고 인도로 올라섰다. 재이는 자신 때문에 준서가 다친 것 같아 걸음이 무거웠다. 갑자기 그의 점퍼 주머니에 손을 넣지만 않았어도 사고가 나지 않았을 것이다. 운명은 늘 여기저기에 함정을 파놓고 무심한 척 시크하게 발목을 잡았다. 재이는 어느덧 재이재이 헤어살롱 앞에 다다랐다. 은혜는 할머니들에게 둘러싸여 파마를 말고 있었다. 유리문을 밀고 실내로 들어가자 믹스커피와 유자차 냄새가 섞여 났다.

“추운데 왜 나왔어? 아직 학원 갈 시간 안 됐잖아.”

은혜는 열처리 기계를 끌고 와 타이머를 맞추며 물었다.

"재가 자네 딸이었구나. 시장에서 몇 번 봤어. 할머니랑 곧잘 다니대."

파마가운을 입은 할머니가 티스푼으로 유자청을 건져 먹으며 말했다.

"그 이모, 할머니 아니에요. 어릴 때부터 재 봐주셨는데 아직 미스래요."

은혜는 소영을 이모가 아닌 언니라고 불렀다. 동갑내기인데 언니로 불리는 소영이 가끔 안쓰럽기도 했는데, 밖에선 이모라고 호칭하고 있다니, 재이는 괘씸했다.

"늙도록 왜 시집을 안 가? 별일이네 참."

유자청 할머니가 꾸짖듯 말했다. 옆에 앉아 TV 리모컨을 누르던 할머니도 혀를 찼다.

"형님, 복 없는 여자는 혼자 사는 게 나아. 거 누구야, 은자네 메누리가 마흔 살 넘어 시집왔잖아. 그 메누리 들이고 나서 은자는 암 걸려, 은자 신랑은 보증 선 거 나자빠져, 아들은 추레라 운전하다 사람 깔았지. 복 없는 여자 하나 잘못 들여서 집안이 망쪼 들었잖아. 생긴 것도 복대가리 없이 생겼어. 볼이 쏙 꺼진 게 대추씨같이."

리모컨 할머니의 말에 파마를 말고 열처리 기계 아래 앉아 있던 할머니가 박수를 쳤다.

"맞아, 똑 대추씨처럼 생겼더라. 자기도 딸 간수 잘해. 대학 졸업하면 얌전한 데 시집보내야지. 내세울 것이 없으면 젊은 게 재산이잖아."

그때 은혜는 딸의 표정이 예사롭지 않다는 걸 눈치챘다. 우뚝 멈춘 채 턱을 당기고 눈을 부릅떠 노려보는 게 느껴졌다. 은혜가 당혹스러운 얼굴로 재이에게 다가왔다.

"너 왜 거기서 그러고 있어?"

"우리 쌤이 복 없어서 해고당하는 거야? 내세울 거 없고 시집도 못 가서 나가라고 하는 거냐고!"

재이가 듣자 하니 복 없는 여자는 시집도 못 간다는 게 이 미용실에 모인 여자들의 논리였다. 그게 사실이라면 매 생마다 자식의 죽음을 막지 못한 은혜도 복 없는 여자였다.

"말본새……. 언니가 벌써 뭐라 말했구나? 설마 그래서겠니. 이제 너한테 손 갈 일이 없어서 마무리 짓자고 한 거지. 중학교가 걸어서 몇 걸음이나 되냐? 수업 끝나면 학원 차 타고 학원 갈 거고, 엄마 퇴근할 때 같이 집에 가면 되는데 이모님까지 필요해?"

재이는 분노했다. 은혜는 소영이 얼마나 여러 차례 자신의 목숨과 이 가정을 구해냈는지 몰랐다. 그래서 오만하게도 은혜를 원수로 갚으려는 거였다. 부조리를 바로잡으려면 14년간 감춰온 비밀을 알려야 했다.

"당신들이 나를 세 번이나 죽게 내버려둔 거 알아? 나 지금 4회 차야. 각오 단단히 하고 이따 집에서 봐."

그날 밤, 재이는 은혜와 유진에게 지난 3회 차의 삶과 죽음 그리고 환생에 대해 가능한 한 감정 없이, 논리적으로 설명했다. 물론 매 회차 자신을 죽음으로 몰아넣은 빌런들에 대해서도 감추지 않았다.

"아우, 골 아프다. 아빤 니가 무슨 말 하는지 하나도 모르겠어."

유진은 믿지 않았다. 이전 생에선 말을 시작하자마자 전생을 털어놓고 다가올 미래를 예언했으니 부모가 믿지 않을 수 없었다. 하지만 이번은 달랐다. 이미 소영 덕에 무사히 지나간 일들을 전생, 전전생의 경험이라고 말하니 너무 허무맹랑하게 느껴졌다. 더구나 아직 겪어본 적 없는 미래에 대해선 재이도 할 말이 없었다.

"인소랑 웹툰이 애들 머리를 이상하게 만들었어."

유진은 소파에서 일어나 욕실로 들어가, 이웃들이 극도로 혐오하는 실내 흡연을 했다.

"이모랑 떨어지기 싫은 마음 엄마는 알아. 너무 잘 알아. 왜냐하면 어렸을 때 엄마도 비슷한 일이 있었거든. 외갓집이 설렁탕가게 한 건 알지? 거기서 찬모 하던 아주머니가 딱 소영 언니 같았어. 난 그 찬모가 내 친엄마고, 네 외할머니가 계모인 줄 알았다니까. 오죽 극성으로 나를 먹이고 입히고 씻겨댔으면 그럴까. 근데 말야."

은혜는 입이 타는지 정수기에서 얼음을 한 컵 받아 어금니로 부숴 먹었다.

"그 찬모가 사람들 없을 때 나한테 맨날 보물찾기를 시키는 거야. 반짝거리고 무거운 것 좀 가져오라고 자꾸 할머니 쓰던 안방엘 보냈어. 브로치를 가져다줘도 아니래. 손목시계를 가져다줘도 아니래. 금테 안경을 가져다줘도 아니라는 거야. 그래서 한번은 다락을 열어보니 노란 종이에 겹겹이 싼 묵직한 게 있더라고. 그걸 가져다주니 잘했다고 통닭을 사주더라. 그다음에 어떻게 됐을까?"

찬모가 가져간 건 금두꺼비였다. 옛날 사람, 그러니까 이제는 돌아가신 지 30년 넘게 지난 은혜의 할머니 시절엔 사람들이 은행도 못 믿었다. 돈이 생기면 나중에 값어치가 올라가는 금을 사 모으는 사람이 많았고, 외가도 그런 집 중 하나였다. 찬모가 어린 은혜를 꼬드겨 가져간 금두꺼비는 두 마리였다. 지금 가치로는 수천만 원이라고 했다.

"소영 쌤은 그런 사람 아니라니까! 원래 심리상담사이고 엄마 눈엔 할머니로 보일지 몰라도 진짜 나이는 마흔 살이야. 몇 번을 얘기해야 믿을 거야?"

"수만 번을 얘기해도 안 믿어. 어쩜 애가 클수록 속이 얕

아지니? 너 엄마, 아빠 돈 버는 게 쉬워 보여? 한 달에 150씩 남한테 주느니 네 교육비에 더 쓰고 우리 집 사는 데 보태려고 그래. 소영 언니가 애를 이상하게 세뇌해놨어. 말끝마다 왜 소영 쌤이래. 뭘 가르치질 않았는데 무슨 선생님이야. 아, 기막혀."

은혜는 얼음을 씹으며 유진이 있는 욕실로 들어갔다. 그 안에서 둘이 다투는 소리가 원색적으로 들렸다. 사춘기가 일찍 왔네, 그년이 가스라이팅을 했네, 그러게 너는 살림이나 하지, 그러는 너는 해준 게 뭐가 있니. 재이는 귀를 틀어막고 침대로 파고들었다. 소영을 잡을 방법이 떠오르지 않았다.

*

소영은 평소와 마찬가지로 장바구니를 채워 출근했다. 양지를 푹 곪여 쭉쭉 찢은 다음 떡국에 고명으로 올려 아침을 차려주었다.

"나 캡틴 덕분에 요리 배웠어. 원랜 라면이나 떡볶이밖에 할 줄 모르고 입맛도 초딩이었거든. 그런데 캡틴을 키워야 하니까 아기 반찬을 만들게 되더라. 인터넷에 레시피가 많아서 참 다행이었어."

재이는 흠뻑 울다 잔 탓에 눈이 제대로 떠지지 않았다. 소영이 차가운 쇠숟가락을 한참이나 꼭 잡고 있다 쥐여주었다. 그녀는 늘 재이 손에 차가운 것이나 날카로운 것이 닿지 않게 신경 썼다.

"언제부터 그 집으로 출근해?"

재이는 코가 막혀 맛도 모르는 떡국을 억지로 먹었다.

"거기선 당장 오라고 하지. 지금부터 애들이랑 친해지고 부엌 익혀야 개학할 때 너끈하니까."

"요한 쌤이 부담스럽진 않아? 둘이…… 추억이 있잖아."

막을 명분도 없고 능력도 없으니 재이는 이제 소영이 거기서 행복하기만 바라기로 했다. 이만큼 자라도록 죽을 고비가 없었던 걸 보면 이번 생은 무난할지도 몰랐다.

"전생의 인연인걸. 어떻게 매번 좋은 인연으로 맺어지겠어. 이번 생엔 돈 주는 사람과 돈 받는 사람으로 지내고 또 다른 생엔 반대가 될 수도 있겠지. 그러다 돌고 돌아 모자지간이나 부부지간이 될 수도 있고. 근데 내 꼬라지 봐선 힘들 거야."

소영은 숱이 줄어 어쩔 수 없이 짧은 머리에 컬이 풍성한 파마 스타일을 하게 됐다. 젊어서는 멋쟁이 소리를 들을 정도로 옷이며 가방, 구두를 다양하게 가졌지만 지금은 편하고 가벼운 옷과 가방, 운동화뿐이었다. 김창숙 부띠끄라고 흘려 쓴 비즈 달린 스판바지에 녹색 스웨터 차림의 소영은 나잇살까지 붙어 두루뭉술했다. 매 회차 새로운 육체를 갖는 재이로선 감히 상상할 수 없는 시간의 고통이었다.

"쌤은 복이 많아."

은혜의 미용실에 퍼더앉아 있던 할머니들의 말이 내내 고까웠다.

"무슨 복? 고작 마흔 살인데 폐경해서 생리대값 안 드는 건 좋네."

먹는 속도가 더디자 소영이 얼른 숟가락을 가져가 재이 입에 떠먹이며 웃었다.

"결혼 안 했잖아. 우리 부모님을 보면 결혼은 운 나쁜 사람들이나 하는 거 같아. 둘이 작년부터 각방 쓰는 거 알아? 아빠는 소파에 전기장판 깔고 자. 대화는 카톡으로 하고 명절엔 서로 핑계 만들어서 외가도 친가도 안 가. 늘 나 때문에 살고, 나 때문에 죽을 것 같다고 하면서 사실 아무도 제대로 돌보지 않았어. 그나마 쌤이 있어 버틸 만했지."

재이는 괜히 구질구질한 소리를 늘어놓은 것 같아 속이 뜨끔했다. 이미 떼어놓기로 마음먹은 소영에게 무거운 등짐을 올려준 것만 같았다. 책임질 것이 없으니 비혼이야말로 최고의 복이 아니냔 말을 하려다 입을 다물었다. 소영의 삶은 재이를 책임지는 것으로 시작해 끝나길 반복했으니 돌봄

받는 당사자가 할 소리는 아니었다.

"나도 잘은 모르지만…… 시절마다 인연은 달라진대. 그래도 가족은 인연이 다했다고 갈라서진 않아. 적어도 책임감이 있는 사람들은 버텨내지. 캡틴네 부모님은 그런 사람들이야. 지금은 인연이 멀어졌지만 살다 보면 다시 붙는 날이 올 거야. 가족이란 게 원래 그래."

소영은 생각이 복잡해질 때마다 이마에 세 가닥의 가는 주름이 잡혔다. 그녀가 멍하니 숟가락을 바라보다 이마의 주름을 펴고 떡국을 떴다.

"매일 연락할 거지?"

"당연하잖아. 내 세상의 주인은 언제까지나 캡틴인걸."

"쌤, 우리 일주일에 한 번은 만나자. 즉석떡볶이집이나 빙수가게에서. 난 금요일이 좋아."

"얼마든지. 그치만 나보다 캡틴이 바빠질 거야."

소영은 빈 코를 쉬익 소리 나게 들이마시며 떡국 위에 오징어젓갈을 올렸다.

"캡틴, 나 염색 좀 해줄래? 할머니 소리보단 아줌마가 낫잖아."

떡국을 다 먹고 나자 소영이 장바구니에서 염색약을 꺼냈다.

재이는 그녀와 마지막으로 함께 설거지를 하고 빨래를 널었다. 둘은 베란다에 나란히 앉아 겨울 별을 맞았다. 동그란 플라스틱 그릇에 염색약과 중화제를 부어 섞었다. 소영이 비닐가운을 입고 이마와 귀에 바셀린을 발랐다. 재이는 옷에 약이 묻지 않게 티셔츠를 벗었다. 설명서에 적힌 대로 집게핀을 이용해 머리카락을 한 층 나누었다. 조심스럽게 염색약을 브러시에 찍어 짧은 속머리에 입혔다. 소영이 브래지어를 빤히 바라보며 킥킥 웃었다. 그 바람에 염색약이 재이 이마에 묻었다.

"아, 뭐야. 염색약 튀었잖아. 왜 웃었어?"

"캡틴, 가슴 되게 크다."

재이는 화들짝 놀라 브러시를 내려놓고 손으로 가슴을 가렸다. 마르고 볼품없는 몸에 가슴만 사과처럼 튀어나온 게 콤플렉스였는데, 그걸 소영이 알아본 거였다.

"세상에, 캡틴! 내 앞에 부끄러운 게 있다고? 나야, 정소영. 세상엔 우리 둘밖에 없잖아. 잊은 거야?"

왜였을까. 그냥 농담으로 받아들이면 싱거울 법한 말이었는데 재이는 콧물부터 쏟아지고 눈물이 뒤따랐다. 세상에는 우리 둘밖에 없다는 걸 왜 이제야 깨닫게 된 건지 몰랐다. 송재이라는 아이를 위해 꾸민 무대 위에 유일하게 비치된 소모품은 정소영 하나뿐이었다. 막이 끝나면 모든 게 리필되지만 정소영만은 쓰임이 다할 때까지 홀로 무대 가장자리에 놓여 있는 갑티슈 같은 소품이었다. 재이가 알아볼 때만 쓰임이 생기고 외면하면 어둑해지는 그 존재를 주인공은 조금 더 아꼈어야 했다. 재이는 소영을 답삭 끌어안고 진통하듯 울음을 터뜨렸다.

"캡틴, 괜찮아. 우린 매일 연락할 거고 매주 만날 거잖아. 난 계속 여기 있을 거야. 멀리 가지 않아. 그러니 다음 염색도 부탁할게."

재이가 잦아들 때까지 소영은 등허리를 가만가만 쓰다듬어주었다. 얼굴과 목덜미에 염색약이 짙게 묻어 씻어도 지워지지 않았다. 서툴러 색이 몇 겹으로 층진 채 염색이 끝났다. 소영이 욕실에 들어가 머리를 감고 돌아왔다.

"조금 이뻐졌네. 진즉 염색할 걸 그랬어."

재이의 눈에도 소영은 생기가 돌았다.

"근데 캡틴 2시에 뭐 있다고 하지 않았어? 분명히 들은 거 같은데."

드라이어로 머리를 말리던 소영이 재이에게 물었다. 그러고 보니 1시 40분이었다. 준서와 아이비클럽에서 만나기로 한 게 2시니 지금 나가도 아슬아슬했다.

"맞아, 곤잘레스 만나기로 했어. 쌤, 나 이마에 묻은 염색약이 안 지워져."

재이가 티셔츠를 입고 옷걸이로 달려가 점퍼에 팔을 끼워 넣었다.

“때수건으로 밀어볼까?”

소영은 녹색 스웨터 소매로 재이 이마를 닦으려 애썼다.

“하아, 그럼 늦을 거야.”

재이를 태워주다 사고가 나 큰 상처를 입은 준서였다. 마음의 빚을 더 쌓을 수는 없다고 생각했다. 재이는 끈을 묶어야 하는 스니커즈 대신 어그부츠에 발을 끼워 넣고 버스 정류장으로 내뛰었다. 준서를 태운 버스가 저만치 출발하고 있었다.

“아, 제발!”

다음 버스를 기다리느라 20분이 늦었다. 준서는 아이비클럽 앞에서 핸드폰을 보고 있었다. 귀부터 뺨, 턱까지 제법 흉이 질 만큼 큰 상처를 입고 드레싱 한 얼굴을 보자 재이의 마음이 오그라들었다.

“기다렸다 같이 버스 타지. 이준서 센스 없다.”

마음과 달리 재이는 준서 앞에서 툴툴댔다.

“니가 먼저 왔을까 봐.”

준서는 심드렁하게 대꾸하고 아이비클럽 문을 열었다.

“어느 학교 몇 학년 몇 반?”

주인이 줄자와 초크를 들고 일어섰다. 근방 세 학교의 교복을 납품하는 탓에 가게 안은 어수선했다.

"수혁중 1학년 4반 이준서요."

"뒤에 학생은?"

주인이 준서의 가슴둘레를 재며 재이를 바라봤다.

"저는 산연중이라 미치코런던인데요."

준서와 재이는 학교가 달라 이미 다른 가게에서 교복을 맞췄다.

"여친이라 따라왔구나?"

주인의 말에 준서의 귓바퀴가 빨갛게 달아올랐다. 재이도 낯이 화끈하긴 했지만 듣기 싫은 말은 아니었다. 여자이고 준서의 친구니까 아예 틀린 말도 아니라고 생각했다. 그때 탈의실 문이 열리며 진하게 아이라인을 그린 여자아이가 걸어 나왔다. 청재킷에 미니스커트를 입은 그 애는 어른처럼 몸매가 늘씬했다.

"고모 그거 아닌데, 재 내 남친인데."

유진 선배 재열의 딸인 황주아였다. 재이와 같은 유치원을 나와 초등학교까지 함께 졸업한 주아는 4학년부터 화장을 했다. 어려서는 피망도 못 먹던 맵찔이가 요즘은 담배를 피운다는 소문이 났다. 가뜩이나 키도 큰데 굽이 높은 운동화까지 신어 준서와 눈높이가 비슷했다.

"얘, 산연중 학생아. 너네 학교에 저런 물건도 다닌단다. 친해지지 마라. 어휴, 저 화상."

주인은 고개를 가로저으며 주아를 흘겼다. 반항적으로 어깨를 흔들어 고모의 시선을 떨어낸 주아가 재이 옆으로 다가왔다. 한때 주아는 아빠가 군인이어서 관사에 살았지만 지금은 부부가 갈라서고 전역했다. 그래서 자식 없는 고모 손에 큰다는 얘길 재이는 누군가에게 들었다. 매년 다른 반에 배정되어 말을 섞는 건 정말 오랜만이었다.

"송재이, 너 뭔데 우리 준서랑 같이 왔어?"

주아의 숨결에서 풍선껌 냄새가 났다.

"왜 같이 왔는지는 이준서한테 물어봐."

재이는 불쾌함보다 주눅이 들어 고개를 숙였다. 주아가 준서와 사귀는 줄 알았다면 안 따라왔을 터였다. 그 애의 악명은 6학년 전체가 알 만큼 지독했다. 엎드려 자고 있는 주아에게 교실 뒤로 가서 서 있으라고 한 음악교사는 그 애에게 따귀를 맞았다. 주아가 좋아하는 아이돌을 씹었단 이유로 같은 반 여자아이는 급식실에서 물세례를 당했다. 그걸 말리던 친구 몇도 식판에 든 음식을 뒤집어썼다. 학폭위가 열렸고 전학 처분이 내려졌지만 학기가 채 20일도 남지 않아 유야무야되고 말았다.

"언제부터 내가 네 남친인데?"

주인이 치수에 맞춰 가져온 셔츠를 받아 든 준서가 물었다.

"그러게. 재 같은 날라리를 누가 사귄다고. 바지랑 마이도 입고 나와봐."

주인이 맞장구치자 주아의 입술이 파르르 떨렸다.

"고모는 뭐 알지도 못하면서 저 싸가지 편을 들어?"

주아가 씨근덕대는 사이 준서는 탈의실 문을 열었다. 그가 고개를 돌려 재이를 바라봤다. 초점이 사라진 눈동자였다. 오토모드로 전환된 거였다.

"황주아를 믿어, 그러마."

준서, 아니 곤잘레스는 이번에도 재이에게 이해할 수 없는 말을 했다. 그는 인간 소년을 연기하는 로봇처럼 입가에 상냥한 미소를 띠고 탈의실로 들어갔다.

"재가 너한테 뭐라 그런 거야?"

재이가 대답하지 못하자 주아는 벙어리냐? 병신 꼴값 떨고 있네, 라고 주절거리며 아이비클럽을 나갔다. 누가 봐도 주아는 이번 인생의 빌런처럼 보였다. 하지만 준서의 예언을 무시할 수도 없었다. 조금만 더 친절하고 구체적으로 알려주면 좋으련만 재이의 인생은 유독 그 자신에게만 싸가지가 없었다.

*

재이는 소영과의 약속을 지키지 못했다.

"캡틴, 무슨 일 있어? 왜 카톡을 안 읽어?"

매일 일상을 공유하기로 했던 재이로부터 소식이 뜸하자 소영이 집으로 찾아왔다. 은혜와 유진은 각자 회식으로 귀가가 늦었다. 전기포트에 물을 끓여 컵라면에 부을 때 소영이 벨을 누른 거였다.

"데이터도 500메가밖에 안 되고, 바빴어."

거짓말이었다. 재이는 학원을 결석하고 집으로 돌아와 내내 슬라임을 주물렀다.

"그랬구나. 있어봐, 내가 볶음밥이라도 해줄게. 컵라면 안 좋아."

재이네 살림에 익숙한 소영이 싱크대 하부장을 열고 궁중팬을 꺼냈다. 냉동실에 한 번 먹을 만큼씩 깍둑썰기 해놓은 스모크햄을 팬에 볶았다.

"볶지 마. 밥 곰팡이 났더라."

소영은 이마와 미간에 주름을 잡고 눈을 감았다. 과거를 바꿔 돌연사, 불륜, 가족 살해를 막았지만 은혜와 유진의 본질은 그대로였다. 자식을 사랑하지만 아이를 위해 헌신할 만큼 성숙하지 않는 이들이었다. 보온을 얼마나 오래 해야 전기밥솥 밥에 곰팡이가 피는지 가늠되지 않았다.

"반찬으로 먹어. 햄 금방 익어. 아니면 새 밥 해줄게."

월급을 자진 삭감해서라도 재이의 집에 남는 게 옳았다

고, 소영은 자책했다.

“쌤, 애쓰지 마. 집에 요리하는 사람은 없지만 밥은 안 굶어. 배달시켜 먹거든.”

소영에게 나가던 월급은 재이 가족의 외식비로 고스란히 옮겨 갔다. 그녀는 냉장고를 열어 치킨무 여섯 개와 수십 개의 소스, 서너 모금 남겨놓고 방치된 콜라 페트병을 꺼내 비웠다. 주방 바닥에 회전초처럼 굴러다니는 먼지와 머리카락을 주우려고 손을 뻗었다.

“애쓰지 말랬잖아! 난 이 생활에 적응해야 해. 매일 우렁각시처럼 살림해주고 갈 거 아니면 하지 마.”

재이가 얼굴을 잔뜩 찌푸리고 언성을 높였다. 먼지로 향하던 소영의 손이 무춤하게 돌아왔다.

“또 예전처럼…….”

소영은 재이가 앉은 식탁 맞은편에 자리 잡았다. 은혜와 유진의 예금은 적지 않았다. 또 그걸로 주식이나 코인에 투자해 3회 차와 같은 결말을 얻을까 봐 소영은 두려웠다.

“그런 거 아냐. 아빠는 보직 바뀌어서 바쁜 거고, 엄마는 골프에 맛 들어서 아줌마들하고 몰려다니는 거지. 기대를 접으니 아무렇지 않아.”

부모가 바빠 방치되는 아이는 흔했다. 소영 역시도 비슷한 유년기를 보냈다. 지난 한 달간 재이가 소영에게 연락하지 않은 이유는 따로 있었다. 학교 때문이었다.

"혹시 누가 괴롭혀? 말해봐. 나 심리상담사였잖아."

주아는 초등학생 때와 달리 주먹질이나 발길질을 하지 않았다. 대신 훨씬 효율적이고 강력한 방식으로 아이들을 괴롭혔다. 1학년 여섯 개 반에는 졸개처럼 주아를 따르는 일명 '가오충'들이 있었다. 어른처럼 보이는 주아가 편의점 알바생의 눈을 속여 산 담배를 얻어 피우고, 솜씨 좋게 귀에 피어싱을 박아주는 재미에 달라붙은 어중이와 떠중이였다.

"아무도 안 괴롭혀. 새 학기라 그냥 힘든 거야."

오히려 재이를 좋아하는 애가 생겼다. 짝꿍인 영현이었다. 그는 부모님이 시내에서 임플란트 전문 치과를 하는 덕에 책가방도 발렌시아가였다. 재이의 취향과는 멀었다. 영현은 치열이 아주 고르다는 점 하나를 제외하곤 이목구비가 심심하고 성격도 소심했다. 머리를 잘 감지 않는지 늘 느끼한 머릿내가 풍겼다. 수업 시간에 틈틈이 재이를 훔쳐보는 눈길도 불편했다.

"송재이, 나 〈마크〉 하게 구글기프트 카드 사 와라."

주아는 종종 재이를 찾아와 크고 작은 걸 요구했다. 재이가 들은 척도 하지 않으면 괜스레 영현이 안절부절못했다.

"내가 요즘 동아리 땜에 졸라 스트레스받거든. 겜이라도 해야 살겠어. 카드 좀 사줘, 3만 원짜리로. 돈은 나중에 꼭

줄게."

주아는 물러설 기미가 없었다.

"황주아, 재이한테 그러지 마. 기프트카드 내가 사줄게. 끝나고 CU에서 만나."

매번 이런 식이었다. 주아는 재이에게 집적거리고, 그걸 조마조마하게 바라보는 영현이 주머니를 여는 물고 물린 괴롭힘이었다.

"야, 송재이. 뭘 쳐다봐. 너 피해 본 거 없잖아. 3만 원은 나중에 진짜 돌려줄 거니까 너네 담임한테 입 털면 죽어."

재이는 그 물고 물린 따돌림의 정가운데 자신이 있다는 게 괴로웠다. 영현에게 제발 끼어들지 말라고 부탁도 해봤다. 하지만 주아가 나타나 운동화나 텀블러 살 돈을 요구하면 영현은 여지없이 진땀을 흘리며 끼어들었다.

"송재이는 좋겠다. 조영현 같은 남친 있어서. 나는 틀딱이나 꼬이는데."

조영현의 별명은 주아의 자판기가 되었다.

"야, 조영현. 여기 앉아."

아이들을 제치고 제일 먼저 급식실 명당을 차지한 주아가 옆자리를 비워두고 영현을 불렀다. 그는 믿기지 않는다는 표정으로 눈을 동그랗게 뜨고 검지로 자신을 가리켰다.

"그래, 너. 빨리 와."

재이와 마주 앉고 싶었던 영현이 마지못해 주아 곁으로 걸어갔다. 배식을 기다리는 재이의 눈에도 영현의 어깨와 손이 달달 떨리는 게 보였다. 주아가 주변을 한번 훑어보더니 영현의 어깨에 팔을 둘렀다.

"지난번처럼 무시하지 말고 부탁 좀 들어주라."

영현이 목을 앞으로 길게 빼고 힘없이 고개를 끄덕였다.

"이준서 사진 찍어 보내라니까 왜 소식이 없어? 너네 같은 학원 다니잖아."

재이는 배식받은 식판을 들고 주아의 뒷열 식탁에 자리 잡았다.

"나 걔랑 안 친해. 몰카 찍기도 싫고."

"싫어? 싫으면 재이 시키고. 학원 배경으로 몇 장 찍고 싶었는데, 그걸 또 안 들어주네."

재이의 이름이 나오자 영현의 목덜미에 땀이 맺혔다.

"이준서 사진은 왜 필요한데?"

들고 온 밥은 한 숟가락도 먹지 못한 영현이 셔츠 소매를 당겨 목덜미 땀을 닦았다.

"파파라치 샷 모아서 내 인스타 비계에 올리려고. 나중에 사귀면 럽스타그램 만들 거거든. 재밌는 거 많은데. 볼래?"

주아가 핸드폰으로 비밀계정을 영현에게 보여주었다. 계정에 올라온 사진과 검은 배경에 깨알같이 작은 글씨 그리고 짧은 동영상들이 휘휘 지나갔다.

"안 볼래. 네 일은 네가 해결해. 난 여자들 일에 끼어들기 싫어."

영현은 비집고 나오는 눈물을 참느라 턱을 치켜들었다. 주아가 싸늘하게 식은 표정으로 자신의 식판을 들어 영현의 식판에 겹쳤다. 국과 반찬이 식탁으로 흘러 영현의 교복 바지로 줄줄 흘렀다.

"송재이한테 무슨 일 생기면 다 너 때문인 줄 알아."

주아가 영현의 의자를 걷어찼다.

"그러기만 해봐. 네 비계 확 까버릴 거야."

영현의 말에 주아가 허공을 향해 가운뎃손가락을 뻗고 달려 나갔다. 보다 못한 재이가 준서에게 메시지를 보냈다. 황주아가 너 스토킹하는 거 앎? 답장은 돌아오지 않았다. 주아는 이틀 연속 결석했고, 간만에 1학년 복도는 평화로웠다.

사흘 만에 등교한 주아는 영현이 고자질을 했다고 단정 지었다. 누군가 영현의 발렌시아가 가방을 커터 칼로 죽죽 그어놓았다. 1학기 학력평가 시험에서 가오충 두 명이 영현의 부정행위를 목격했다고 주장했다. 책상 서랍 아래에 압정을 다닥다닥 붙여놔 영현의 허벅지가 벌집이 되기도 했다. 교실에 CCTV가 없으니 범인은 끝내 잡히지 않았다. 실수를 가장한 충돌로 영현의 급식판이 뒤집혔고, 민머리 배우 사진에 영현의 얼굴이 합성되어 가오충 무리의 SNS에 조리돌림당했다. 그러기를 일주일. 영현은 등교를 멈췄다. 가오충들은 그가 몸캠피싱을 당해 수치심으로 자살했다고 킬킬댔다. 누군가는 나서서 영현의 무고를 밝혀야 했다. 재이는 그게 자신이어야 한다는 게 괴로웠다.

"캡틴, 무슨 고민이 생기면 꼭 말해야 해. 내가 됐든, 담임선생님이 됐든. 아이들 문제는 보통 어른이 끼어들어야 정리돼."

"쌤, 나 숙제해야 돼. 되도록 자주 연락할게."

재이는 영현이 당한 집단 괴롭힘에 자신의 책임이 크다고 생각했다. 소영에게 고백하지 못한 건 그녀가 새 가족에서 찾은 안정을 버리고 다시 돌아와 자신에게 헌신할 것이 미안해서였다.

"그럼 주말에 나랑 서점 가자. 요양보호사 자격증 따려고. 더 늙으면 할 일이 그거밖에 없을 거 같아."

재이는 소영의 말을 건성으로 듣고 현관까지 배웅했다.

식어버린 컵라면을 개수대에 엎어놓고 방으로 들어가 장문의 메시지를 적어나갔다. 준서를 짝사랑하는 주아, 재이를 짝사랑하는 영현, 주아의 주도로 가오충들이 저지른 악행과 영현의 무고에 대한 이야기였다. 주아 일당을 학교폭력위원회에 세우고 싶었다. 쓰고 지우고를 반복하던 재이는 자정 무렵에야 담임인 고성균에게 메시지를 전송했다. 재이는 핸드폰을 배 위에 올려놓고 슬라임을 주물렀다. 크런치가 섞인 슬라임에서 기포 터지는 소리가 뒤숭숭한 생각을 씻어냈다.

재이의 기대와 달리 학교는 여느 날과 같았다. 여전히 영현은 등교하지 않았다. 주아가 복도에서 야, 야, 야! 소리치며 까르르 웃자 그녀를 따르는 가오충들이 몰려 나갔다. 주아가 아이들의 교복 소매 안으로 담배를 찔러주는 게 재이의 눈에 보였다.

"황주아, 복도에서 왜 어슬렁거리냐. 이따 동아리실로 와. 어! 슬리퍼 끌지 말고."

담임인 성균이 주아를 나무라며 귓바퀴를 꼬집었다. 조례를 하러 교실에 들어온 그는 착잡한 표정으로 영현의 빈자리와 재이를 바라봤다.

"기후위기전국백일장 참가할 사람은 이알리미로 신청서 작성해 보내고, 학생상담 주간이니까 8, 9, 10번은 쉬는 시간에 상담실로 내려와. 8번 나희정 2교시 전, 9번 이경윤 3교시 전, 10번 송재이 4교시 전. 내일은 11번부터 13번까지다. 자, 그럼. 진리가 너희를!"

성균은 조례를 마칠 때 구호를 외쳤다. 진리가 너희를, 이라고 선창하면 학생들은 자유롭게 하리라, 라고 화답했다.

성균의 높고 우렁찬 목소리에 비해 학생들은 낮고 기어들어 가는 소리였다.

"자유롭게 하리라……."

상담은 학기 초에 누구나 순서대로 하는 뻔한 절차였다. 재이는 자신이 보낸 메시지를 성균이 읽지 않은 게 확실하다고 생각했다. 그게 아니라면 지금 성균은 교실이 아닌 교장실이나 영현의 집에 가 있어야 마땅했다. 3교시 미술수업이 끝나고 재이는 1층 상담실로 내려갔다. 두 번 노크를 하고 잠시 기다렸다 문을 열자 성균이 의자에서 반쯤 일어서 재이를 맞이했다.

"쌤이 티 안 내느라 혼났다. 여기 앉아."

성균은 책상 맞은편 대신 자신의 의자 옆에 같은 의자를 하나 더 가져다 놨다.

"무슨 티요?"

재이가 성균 옆 의자에 두 손을 모으고 앉았다. 가까이서 보니 성균은 더 나이 들어 보였다. 유진과 엇비슷한 나이일 테지만 짧게 돋아난 수염엔 새치가 섞여 있고, 눈 밑과 입술색은 어두웠다. 진한 스킨 냄새에 재이의 속이 울렁거렸다. 그의 시선이 재이의 가슴으로 향했다. 큰 가슴이 부끄러워 스포츠브라를 착용했지만 그래도 블라우스 사이가 벌어졌다. 시선을 의식한 재이가 어깨를 움츠렸다. 태도가 사람을 만든다며 소영이 절대 금지시킨 자세였지만, 마음처럼 되지 않았다.

"피곤한 티. 네가 보낸 메시지 받고 쌤 밤 꼴딱 새웠어. 전화하기엔 너무 늦은 시간이더라."

다행히 성균은 잠들기 전 재이의 메시지를 읽었다.

"쌤은 재이가 열네 살치고 무척 어른스럽다는 걸 너무 잘 알아. 그래도 당사자 얘기를 들어봐야 하잖아. 그게 원칙이야."

재이는 성균의 숨결에서 연한 민트 향과 알코올 냄새를 맡았다. 그의 등 뒤로 파란색 구강청결제가 보였다. 그가 너무 긴장하지 말라며, 손을 뻗어 재이의 어깨와 팔을 안마하듯 잡았다.

"네."

"아침 일찍 영현이랑 영현이 부모님을 뵙고 왔어. 네가 말한 얘기가 사실이면 사안이 아주 중대하거든."

비로소 정의가 구현되는가 싶어, 재이는 목덜미와 등허리에 소름이 돋았다. 파르르 어깨를 떨자 성균이 자연스럽게 교복 치마 위에 올려놓은 재이의 손을 잡았다. 아빠 유진 외의 남자 어른과 신체가 닿은 건 처음이었다. 움찔했지만 성균이 등지고 선 벽에는 소영의 센터에서 봤던 상담사자격증이 걸려 있었다. 가벼운 스킨십으로 위로하는 기법 같은 게 있을지도 몰랐다.

"시간이 없으니까 짧게 얘기할게. 조영현은 그런 일이 없다고 얘기했어. 친해지고 싶어서 선물로 기프트카드나 지갑을 사준 건 맞대. 그런데 누명을 쓰고 괴롭힘당한 적은 없다더라."

성균은 구두코로 재이의 슬리퍼를 가볍게 툭툭 쳤다.

"괜찮아, 오해할 수도 있지. 사실과 다르더라도 공동체 안에서 의식 있는 고발은 멋진 거야."

"저, 쌤. 저만 본 게 아니에요. 영현이 괴롭힘당하는 거 우리 반 애들 다 봤어요. 물어보세요. 걔 허벅지에서 피 나는데 주아 패거리가 눈치 줘서 보건실도 못 갔어요."

성균이 손에 힘을 줘 재이를 꽉 잡았다. 끈끈한 숨결이 재이의 목덜미에 엉겼다.

"먼저 상담받은 희정이, 경윤이한테 물어봤어. 장난이 심하긴 했는데 폭력적으로 느끼진 않았대."

재이는 태어난 순간 분만실에서 느낀 공포와 공황을 다시 한번 체감했다. 아동기까지 자신을 보호하고 있던 투명한 막이 제멋대로 찢어져 냉혹한 새 세상으로 내동댕이쳐진 기분이었다. 주아 패거리의 보복이 두려운 아이들은 양심보다 자신의 안위를 택했다.

"그럼 우리 학교 말고 수혁중 이준서한테 물어보세요. 주아가 스토킹한 애가 걔예요. 이준서 전화번호 알려드릴게요."

재이는 준서의 연락처가 떠오르지 않았다. 수업 전에 핸드폰을 걷어 간 게 생각났다.

"제 폰에 이준서 연락처 있어요. 직접 통화 한번 해보세요. 아니면 학교로 불러올 거예요. 학폭위 열어야 한다고요."

재이가 성균의 손을 뿌리치고 의자에서 일어섰다. 그도 얼굴을 정색하고 재이 쪽으로 기울었던 무릎을 옮겼다.

"피해자가 없어서 학폭위는 못 열어."

성균의 눈이 벽시계를 바라봤다. 2분 후면 4교시였다.

"영현이와 제가 피해자라니까요. 왜 안 믿어주시는 거예요?"

"조영현 오늘부로 자퇴했다. 형이랑 캐나다로 유학 간대. 며칠 등교하지 않은 것도 유학원에서 절차 밟느라 바빠서였어. 재이는…… 매주 목금 종례 후에 여기서 대화 좀 나누자. 매듭이 있으면 풀어야지. 답답하더라도 멀리 보자. 쌤도 피해 사실에 대해 더 알아볼게."

재이는 지금 자신 앞에 벌어지고 있는 일들이 억지스럽다고 느꼈다. 영화나 드라마에선 보통 부잣집 망나니가 따돌림을 주도하고 가난한 집 착한 애가 피해자였다. 하지만 가난한 집 망나니가 부잣집 착한 애를 도피 유학 보내는 게 현실이었다.

"그럼 제가 보낸 메시지는 의미가 없었네요?"

"왜 의미가 없어. 말했잖아. 의식 있는 고발은 멋진 거라고. 쌤이 동아리 끝나고 주아 상담해볼게. 걔도 사춘기 세게 맞아서 방황하는 게 내 눈에도 보이거든."

성균이 뭐라고 한마디를 더 했지만 4교시 수업 알림 소리에 묻혔다. 재이는 상담실을 나와 화장실로 향했다. 메스꺼운 속을 비워내느라 변기 앞에 주저앉았다. 맑은 물 몇 모금을 토해낸 재이는 피해자를 위한 학교가 정말 있는지 의심스러웠다.

요구한 게 바로 실행되지 않으면 주아는 영현의 이마에 난 화농성여드름을 볼펜으로 찔러 터뜨렸다. 마음만 먹으면 주아의 손목을 비틀어버릴 만큼 덩치 좋은 영현은 눈물 고인 눈으로 웃어 보였다. 어째서 준서가 악마 같은 주아의 말을 믿으라고 한 건지 이해할 수 없었다. 성균이 주아와 상담하며 재이 얘기를 꺼내기라도 하는 날엔 지금보다 더 뜨거운 지옥이 열릴 터였다. 가슴에 딱 얹힌 체기는 좀처럼 내려가지 않았다.

소영은 일요일 낮에 재이네 집 앞으로 찾아왔다. 재이는 그간 참아왔던 학교 일을 이제는 털어놓을 때가 됐다고 생각했다. 전화를 받고 1층 주차장으로 내려갔다. 그녀의 빨간색

레이 뒷좌석에는 요한의 남매가 카시트에 묶여 있었다. 재이와 함께 배웅 나온 은혜가 연극적으로 느껴질 만큼 과하게 소영을 반겼다.

"은혜 씨, 왜 집에 있어요. 미용실 여는 날 아니에요?"

소영이 차창을 열었다. 연한 갈색 선글라스에 페도라까지 써서 멋을 낸 모습이었다.

"친정엄마가 편찮으셔서 오후 예약 안 받았어요. 언니, 이걸로 애들 맥도날드 데려가요. 문산엔 롯데리아밖에 없어서 재이가 맥날맥날 노래를 했다니까요."

그런 노래를 한 적은 없지만 은혜는 부풀려 말했다. 그녀가 5만 원권 한 장을 소영의 손에 쥐여주었다. 정말 딱 기름값, 햄버거값밖에 되지 않는 돈을 건네고도 은혜는 소영이 한 번 정도 마다하지 않은 게 서운했다.

"그럼 다녀올게요."

재이가 보조석에 앉자 레이가 출발했다. 뒤에 앉은 남매는 똑같은 모양의 단발머리를 하고 잠에 푹 빠져 있었다.

"캡틴 키울 때하곤 또 달라."

자유로에 올라탄 소영이 룸미러로 남매를 보며 말했다.

"어떻게 다른데?"

"캡틴은 안 울었잖아. 넘어져서 무릎이 까져도. 전생에 다친 자린데 그걸 까먹었네, 하면서 툭툭 털었지. 근데 쟤들은 무조건 뒤로 넘어가고 울고불고 난리 나."

네 번째 인생인 만큼 재이는 매사 침착했다. 다칠 걸 알았고, 아플 걸 알았고, 나을 것도 알았다. 우는 대신 이다음에 어떻게 되었더라, 골몰했다. 아는 일이라 피할 수 있는 위기도 많았지만 너무 뻔해서 지루한 인생이기도 했다.

"잘됐다. 쌤이 평범한 아기들을 키우게 돼서."

진심이었다. 소영이 순진무구한 아이들과 단순한 대화를 나누고 예상을 벗어난 크고 작은 위기 그리고 휴먼코미디같은 삶을 즐기게 되어 재이는 기뻤다. 어쩐지 지난 두 달 사이 소영이 조금 젊어진 것도 같았다. 이럴 때 구질구질한 학교 얘기를 꺼내는 게 맞나 싶어 재이는 마른침을 삼켰다. 그래도 더 미루면 마음이 냄비처럼 타들어갈 것 같아 입을 열기로 했다.

"캡틴, 실은 나 만나는 사람 생겼어."

재이가 선수를 놓쳤다. 소영은 소리 없이 비명 지르는 표정을 지으며 핸들을 손으로 마구 두드렸다.

"남친? 어디서? 몇 살인데? 직업은?"

애답지 않은 질문이 쏟아졌다.

"들어봐, 들어봐! 저저번 주에 요한 씨네 집에서 세미나를 했단 말야. 과학, 수학, 기술교사들 모여서. 근데 내가 거기서 누굴 만났냐 하면!"

소영은 다섯 명의 교사 중 한 사람을 알아봤다. 그녀가 중학교 3학년 시절 담임을 맡았던 장범우였다.

"그땐 노총각이었는데, 나 졸업하고 다음 해에 결혼했대."

물론 이혼도 했다. 이제는 퇴직이 몇 개월 남지 않은 62세의 범우는 소영의 얼굴이 눈에 익었다. 여사님, 혹시 조카가 있으실까요? 저희 학교 졸업생하고 많이 닮으셨어요. 다과가 끝나고 식탁을 치우던 소영은 저도 모르게 범우 앞에서 눈물을 보였다.

"날 기억하는 것 같았어. 감동이지? 그래도 꾹 참고 진짜 조카가 있는 척했지. 그래야 공통분모가 생기잖아. 집도 두 층 아래야. 그래서 매일 한 번씩 오며 가며 보는데, 그때마다 영양제 다섯 알을 주셔. 칼슘, 마그네슘, 종합비타민, 오메가3, 코엔자임큐텐. 건강하게 늙자고."

재이는 한숨이 나왔다. 비록 열네 살이지만 누적 30년 넘게 살았다. 특히 지난 생에는 막장 가장 유진을 겪은 터라 남자를 대충 골랐다간 인생이 고랑창에 빠질 수 있다는 걸 잘 알았다.

"교사 좋지, 사학연금도 괜찮고. 그런데 쌤, 너무 서두르는 거 아냐? 나이 차도 크잖아. 쌤은 아직 오십대 초반으로 보여."

퇴직이 코앞이면 너무 늙은 남자였다. 게다가 누구의 귀

책사유로 이혼한 건지 따져봐야 했다. 둘 사이에 자식은 있는지, 집은 자가인지 전세인지, 여행 중에 생긴 사소한 트러블을 어떻게 대처하는 사람인지, 확인하고 한발 내딛는 게 옳다고 생각했다.

"나이 차는 큰 게 좋지 않을까. 만에 하나, 절대 그럴 일은 없지만 세상이 종말 하고 다시 만나게 됐을 땐 엇비슷해 보일 거 아냐. 아니, 내가 더 많아질 수도 있겠네."

사랑에 빠진 소영이 황당한 이유를 내세우자 재이는 입을 꾹 다물었다. 그게 사랑인지부터 의심스러웠다. 추억 필터로 보정된 이미지일지도 몰랐다. 선생이 가진 권위와 그를 향한 존경심이 사랑의 감정과 혼동되었을 가능성도 컸다.

"장 선생님이랑 교보문고에서 만나기로 했어. 괜찮지, 캡틴?"

재이는 괜찮지 않았다. 오늘 서점에 가기로 한 건 소영과 한 약속 때문이었고, 학교에서 숨 쉬듯 벌어지는 폭력과 차별을 하소연하려는 구실이기도 했다. 매일 자기가 먹던 영양제를 깨끗한지 더러운지 알 수도 없는 손에 담아 건네는 소영의 남자친구가 끼어들 곳은 없었다.

"나 속이 좀 안 좋아. 차 돌릴 수 없어?"

뒷좌석에서 잠든 요한의 남매가 잠에서 깨 찜부럭했다. 사실 애들까지 데려올지도 몰랐던 재이는 집에 돌아가고 싶었다.

"안 돼. 자유로는 유턴이 없어. 다 왔어. 이제 8분 남았네."

내비게이션으로 거치대에 올려놓은 소영의 핸드폰에 전화가 걸려왔다. 장범우 선생님이라는 저장명 옆에 하트가 붙어 있었다.

"네, 선생님. 벌써 오셨어요? 저희도 7분 남았어요. 아니, 이제 6분. 좀 둘러보고 계세요. 네에."

소영의 목소리에 애교가 찰랑거렸다. 하나와 두이라는 이름의 남매는 떼떼떼, 기괴한 고함을 쳤고 평일 한낮인데도 길이 막혔다. 멀리 범고래수영센터가 보였다. 오래전 은혜와 이상훈이라는 강사가 밀회를 즐기던 곳이었다. 그리고 아이러니하게도 재이가 욕실에서 공포감을 느낄 때마다 떠올리는 공간이기도 했다. 재이는 아무도 없는 수영장에서 정말 범고래처럼 물길을 헤치고 나아가는 상상을 했다. 숨이 턱까지 차오르게 한 턴을 돌고 고개를 들면 준서가 내려다보고 있을 것 같았다. 난센스 퀴즈를 내고 오답이면 죽음을 선사하는 스핑크스처럼, 상상 속 준서가 단정한 입술을 열었다. 황주아를 믿어, 그러마.

"다 와서 잠이 들었네. 일어나봐, 캡틴."

소영이 안전벨트를 끌러주었다. 그녀는 접이식 쌍둥이 유아차를 꺼내 하나와 두이를 앉혔다. 때마침 엘리베이터가 내려와 문이 열렸다.

"난 별로야."

소영이 서점이 있는 1층 버튼을 눌렀을 때 재이가 입을 열었다.

"뭐가?"

"선생하고 제자가 선 넘는 거."

재이는 오늘 자신이 한 말 중 가장 솔직한 한마디를 던졌다. 민망한지 소영이 거울을 보며 카디건을 여몄다.

"장 선생님은 내가 제자인 줄 모르셔. 그리고 나도 그때랑은 입장이 많이 달라졌잖아."

소영은 친딸에게 새아빠를 소개하는 심정이었다. 실망할까 봐, 흠 잡힐까 봐, 서운할까 봐 어깨가 움츠러들었다. 1층에 다다라 문이 열리자 소영의 표정이 환하게 피었다. 범우가 버튼을 누르고 기다렸다 그녀를 맞았다.

"어서 와요. 주차 힘드셨죠?"

재이는 범우의 얼굴을 흘끗 보고 인사하는 척 시선을 돌렸다. 염소에게 옷을 입혀놓은 것처럼 흰 수염을 기른 모습이 우스꽝스러웠다. 길게 기른 머리를 말총처럼 묶고 생활한복을 입은 할아버지가 소영의 남자친구일 줄은 몰랐다.

"경차라 수월했어요. 이 친구가 말씀드렸던 송재이예요.

산연중 1학년."

범우는 허리를 낮춰 재이의 얼굴을 들여다보곤 팔꿈치를 들이댔다.

"내가 아무리 영감님이라도 남녀가 유별하니, 우리 친구랑은 팔꿈치 인사."

재이의 예상보다 범우는 쿨한 영감이었다. 남녀가 유별한데 담임인 성균은 재이의 어깨와 손을 허락 없이 만졌다. 그의 무릎이 재이의 무릎에 닿았던 것도 같았다. 당시엔 몰랐는데, 성균의 시선과 손길에는 희미하지만 공기와 구분되는 점성이 섞여 있었다. 권위와 존경이 만든 혼돈이었다.

범우는 수학교사였지만 만화를 좋아했다. 그는 『슬램덩크』 시리즈 부스로 데려가 누가 누구와 어떤 관계이며 어쩌다 패배하고 어떻게 설욕했는지를 온몸으로 설명했다. 재이의 표정이 살아나자 눈치를 보던 소영도 한시름을 놓았다. 각자 흩어져 책을 보고 어정어정 돌아다니다 다시 만났다. 그때마다 범우는 팔꿈치 인사를 청해 재이를 웃게 했다.

"선생님, 우리 맥도날드 가요. 저 햄버거 먹고 싶어요."

어느덧 점심시간이 훌쩍 지났다. 소영의 말에 범우가 계산대로 향했다. 그는 하나와 두이 몫의 그림책 두 권 그리고 재이에게 『슬램덩크』 1, 2, 3권을 선물했다. 다섯은 맥도날드에서 점심을 먹고 호수공원을 걸었다. 벚꽃이 한창이었다.

"아저씨는 왜 혼자 살아요?"

진분난분 날리는 꽃잎을 맞으며, 재이는 꾹 눌러놓았던 궁금증을 끄집어냈다. 소영이 유아차를 밀고 앞질렀다. 이혼이 흠은 아니지만 범우 나이 또래는 어지간하면 참고 사는 세대였다.

"짝꿍이 술래잡기를 하쟀어요. 자기가 숨을 테니 열까지 세고 찾아보라고 하대요. 그 말을 하고 열흘 있다 정말 사라졌어요. 찾아보려고 애 많이 썼죠. 그러다 출입국 기록까지 확인했는데 북경으로 떠났답니다. 나중에 듣고 보니 베이징대에 합격했던 거예요."

미생물학을 전공한 범우의 아내는 졸업 후에도 돌아오지 않았다. 범우가 술래를 맡은 지 7년째 되었을 때 비로소 게임이 끝났다. 그의 아내가 현지 사람과 결혼하고 싶어 했다.

"서류는 정리되셨고, 애도 없고, 동산이랑 부동산만 확인하면……."

재이가 자신도 모르게 속마음을 입으로 털어냈다. 걸음을 멈추고 기다렸던 소영의 얼굴이 새빨개졌다. 그러나 범우는 박수를 치며 웃어넘겼다.

"우리 재이 친구는 참 멋지다. 난 친구처럼 똑 부러진 사람이 부러워요. 앞으로도 할 말은 하고, 당한 건 꼭 되갚아주는 쾌녀로 자라길 바라요."

소영은 범우의 말이 꼭 자신을 칭찬하는 것만 같아 가슴이 뻐근했다. 그녀가 애지중지 키운 아이가 댓돌처럼 단단한 소녀로 자랐다는 사실이 자랑스러웠다. 그러나 재이는 또다시 마음에 파도가 일었다. 사실 재이가 인지하는 자신의 모습은 그보다 훨씬 무르고 작았다. 범우의 말이 예언이 되어 정말 똑 부러진 사람, 할 말은 하고 당한 건 되갚아주는 쾌녀가 되길 바랐다.

저녁 무렵에야 재이는 관사로 돌아왔다. 이번엔 범우도 차에 한 자리를 차지했다. 그가 또 한 번 팔꿈치로 인사했다. 범우는 생각보다 훨씬 괜찮은 남자어른이었다. 고생하던 소영에게 마음 맞는 짝꿍이 생겨서 다행이라고 재이는 생각했다.

— 쏘쿨하시네, 범우 쌤! 아직 우리 쌤이 더 아깝지만.

재이는 책상에 앉아 소영에게 메시지를 보냈다. 이윽고 알림음이 들렸다. 재이는 소영의 답장이겠거니 생각하고, 천천히 읽기로 했다. 은혜가 주문한 보쌈이 도착했다. 셋은 각자 핸드폰을 보며 저녁을 먹었다.

— 송재이 자니?

— 쌤이 뭐 하나 부탁하려고

— 사제동행 활동이라는 게 있어

— 선생님과 제자가 같이 문화생활 하는 거거든

— 괜찮지?

— 등록하려면 제자 사진이 필요한데

— 셀카

— 하나만

— 보내봐

— 교복일 필요 없어

— 너무 늦었나?

재이가 샤워를 하고 방에 돌아와 메신저를 열었을 때 열 한 개의 메시지가 도착해 있었다. 모두 성균이 보낸 거였다. 재이는 재빨리 포털에 사제동행을 검색했다. 실재하는 제도였다. 그런 일이라면 이알리미로 보내도 되었다. 혹은 등교했을 때 교무실로 부르는 방법도 있었다. 재이는 늦은 저녁에 사적인 메신저로 셀카를 부탁하는 성균이 탐탁지 않았다. 어떤 답장을 보내야 하나 화면을 들여다보고 있는데, 성균 쪽에서 제자 사진이 필요한데 셀카 하나만 보내달라는 내용을 삭제했다. 부적절한 요구라는 걸 그도 깨달은 터였다.

재이는 손이 덜덜 떨려 핸드폰을 놓쳐버렸다. 내용을 삭제하기 전에 화면 캡처를 하지 못한 걸 후회했다. 재이가 느끼기엔 이것도 학교폭력이고 희롱과 추행이었다. 영현의 학폭사건처럼 묻히지 않으려면 확실한 증거가 필요했다. 바닥에 떨어진 핸드폰을 한참 노려보던 재이는 심호흡을 하고 주워 들었다.

— 쌤 왜 삭제하셨어요?

— 사진 필요하시면 지금 찍어 보내드릴까요.

여지를 주고 호응을 기다렸다. 세상은 그 어느 때보다 조용했고 공기는 무거웠다. 재이는 무거운 어깨와 머리를 지탱하느라 두 눈을 부릅떴다. 성균은 금방 메시지를 확인했다.

— 거절인 줄 알고 지웠지

— 포즈

— 요청해도

— 받아줄 거야??

— 징따징따?

마흔두 살 남자가 혀 짧은 소리를 글씨로 옮겼다. 재이의 이마와 콧등에 식은땀이 솟아났다. 이쯤에서 캡처를 할까, 하다 다른 증거를 더 끄집어내고 싶어졌다.

— 근데 저 말고 다른 애들 사진 받으신 거 아니에요?

다른 피해자가 있을지 몰랐다.

— 아냐

— 손가락하트 해서 보내줘

곧이어 성균이 포즈와 징따징따, 손가락하트를 삭제했다. 그가 단문으로 끊어 메시지를 보낸 건 위험한 구절을 빠르게 삭제할 수 있어서였다. 재이는 아무리 생각해도 피해자가 더 있을 것 같았다. 그는 언제 사진을 보내줄 건지 물었다. 재이는 답장을 미루고 피해자가 될 만한 다른 애들을 떠올렸다. 성균의 시선이 오래 머문 아이, 유독 그의 수업 시간에 엎드려 있거나 고개를 숙이고 있는 아이, 약점이 많아 자주 상담실로 불려 가는 아이, 가장 오래 붙어 있던 아이. 재이의 머릿속에 딱 한 아이가 떠올랐다. 주아였다.

주아는 성균의 배드민턴 동아리에 가입했다. 영현 일뿐 아니라 교내에서 마찰이 빚어지면 자주 상담실로 불려 갔다. 재이는 언젠가 수업 중에 화장실에 갔다가 세면대에서 피 묻은 커터 칼을 닦는 주아를 봤다. 그때 입가에 검지를 치켜세워 쉿, 하고 돌아가는 그 애의 블라우스 소매에 점점이 떨어진 핏자국이 생각났다. 재이는 주아가 또 다른 피해자일지 모른다고 생각했다. 보채는 성균의 메시지를 읽지 않고 주아 반 반장이자 재이의 친구인 은수에게 메시지를 보냈다. 황주아 연락처 좀.

이유를 설명하지 않았지만 은수는 곧바로 연락처를 공유했다. 메시지를 보내고 답이 오길 기다리기 싫어 통화 버튼을 눌렀다. 10시를 조금 넘긴 시간, 아직 잠들긴 일렀지만 주아는 연결음이 끝나기 직전에야 전화를 받았다.

"누구세요?"

주아 역시 재이의 연락처를 몰랐다.

"나 송재이야. 잠깐 통화할 수 있어?"

"졸라 예의 발라. 보통 그런 건 전화 걸기 전에 톡으로 묻지 않나?"

"급해서 그래."

"뭔데, 안 급하면 찾아가서 니 간 빼 먹는다."

주아 딴에는 농담이었지만 재이에겐 협박처럼 들렸다.

"성균 쌤이 사진 보내라고 했지?"

재이는 쾌녀답게 본론부터 꺼냈다. 주아는 한동안 대답이 없었다.

"나한테도 사제동행 신청한다고 보내랬어."

자신도 피해자라는 걸 주아에게 알렸다.

"너 그게 시작이야. 사진 보내지 말고 차단 박아. 앞으로 학교에서 그 쌤하고 눈도 마주치지 마."

주아가 화내듯 대답했다. 그러면서도 가해자를 쌤이라 높여 불렀다.

"그게 시작이라고? 다른 게 더 있어?"

"핑계를 만들어서 불러내지. 손목에 상처는 언제 생겼냐, 왜 생겼냐 물으면서 쓰다듬고 뿌리치면 너 생리하는구나, 주기가 달라졌네? 이따위 소리 틱틱."

성균은 부모에게 보호받지 못하는 제자들을 귀신처럼 잘 찾아낸다고 했다. 그도 그럴 게 학기 초 학부모 상담에 불참하는 부모, 이알리미 안내문에 답장이 늦은 부모, 스쿨뱅킹

계좌에 잔액이 부족한 부모 등으로 방임의 범위를 좁혀가다 보면 한 반에 두세 명 정도는 저 혼자서 크는 아이들이 있었다. 그중에서도 성균의 취향에 맞는 한두 명이 매년 타깃이 되었다.

"황주아, 왜 말 안 했어?"

"누구한테 말해? 엄빠? 각자 재혼해서 잘 사는 사람들한테 틀딱이 발정 나서 덤빈다고 하면 퍽이나 내 편 들어주겠다. 분명히 네가 단정하지 못해서 벌어진 일이라고 싸다귀부터 날릴걸. 그런 넌 말할 수 있어?"

재이도 자기 부모의 성향을 잘 알았다. 차분히 절차를 알아보고 고소나 고발을 준비할 사람들이 아니었다. 욱하면 차에 삽을 싣고 학교로 찾아가 난동을 부릴 거라 생각하니 입이 떨어지지 않았다.

"영현이한테만 말했어."

주아가 뜻밖의 말을 꺼냈다.

"조영현이 안다고?"

"기프트카드 사달라고 할 때마다 편의점에서 만났거든. 쌤이 나한테 자꾸 너를 동아리에 가입시키라고 졸랐어. 어디 꼬발릴 데 없는 애 하나 물어서 촉감놀이 하려는 게 뻔하잖아. 너한테 말해봐야 대책 없으니 조영현한테 말했어. 걘 너 좋아하고 집에 돈도 많으니까 그냥 확 들이받을 줄 알았거든. 근데 그 찐따새끼가 쌤한테 다 고해바쳤지."

주아는 막연히 어른들의 세계를 동경했을 뿐 실상은 물정 모르는 어린애였다. 주아는 영현에게 재이의 위기를 고백하면 돈을 주고 건달을 고용하든 해커를 불러 삭제된 메시지를 복원시킬 거라 믿었다. 하지만 영현 또한 어린애이긴 마찬가지였다. 차라리 진짜 기프트카드나 운동화를 사줄 테니 그런 건 알아서 해결하라고 뒷걸음질을 쳤다. 주아가 만든 인스타그램 비밀계정은 사실 여러 사람이 계정을 공유하는 일명 대나무숲이었다. 계정에 드나드는 사람들은 교내 성폭력 피해자들이었다. 급식실에서 주아가 영현에게 보여준 건 대나무숲에 올린 짧은 동영상이었다. 성균이 주아에게 지금 뭐 입고 있냐는 메시지를 보내고 순식간에 삭제하는 비겁한 2초였다.

"그래서 송재이한테 무슨 일이 생기면 영현이 걔 때문인 줄 알라고 한 거야. 영현이가 쌤한테 비계 까고, 곧바로 자퇴한 건 알량한 죄책감 때문이겠지. 나 따라서 깔짝깔짝 자해 좀 했더니 걔네 부모님이 기함을 했다더라."

영현은 피해자가 아니라 가해자 중 하나였다. 알고도 외면했으며, 그 대가가 고통스러워 멀리 도망치는 무책임한 방관자였다.

"앞으로 어떻게 할 거야, 황주아."

재이는 주아가 말하는 대로 움직일 작정이었다. 준서의 예언을 그대로 따르기만 한다면 종말을 막을 수 있었다.

“몰라. 별 지랄을 다 해도 변하는 게 없잖아. 쌤이 비계 동영상 원본 삭제 안 하면 학폭위 연다고 협박했어. 보는 앞에서 지웠지. 이제 증거도 없는데 뭘로 덤비겠어? 다시 헛수작 부릴 때까지 기다리려고.”

재이는 고개를 끄덕였다.

“걱정하지 마. 우릴 도와줄 만한 어른이 있어.”

재이는 소영과 범우를 떠올렸다. 심리상담사와 교사인 둘이 돕는다면 성균을 교단에서 끌어낼 수 있었다. 앞으로 성균에게서 오는 모든 메시지는 동영상으로 촬영하고, 상담실에 둘만 남을 때도 녹음기를 켜야겠다고 마음먹었다.

“졸라 뜻밖에도 믿음이 가게 씨부리네. 낼 봐.”

주아가 전화를 끊었다. 그사이 성균이 보낸 메시지는 열한 개였고 그중 여덟 개가 삭제돼 있었다. 재이는 화면을 동영상 촬영하며 성균에게 메시지를 적어나갔다.

— 쌤 아까 어떤 포즈 얘기하셨죠?

곧바로 수신이 확인되었다.

— 얼굴 상체 잘 나오게

— 필터×

— 머리 풀고

— 손가락하트

메시지는 곧바로 삭제되었다. 재이는 여기서 한 걸음만 더 나아가면 결정적인 증거가 나올 것을 예감했다.

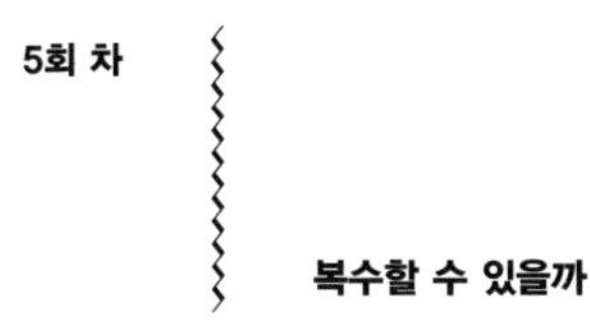

5회 차 복수할 수 있을까

또 소영은 고시원 침대에서 눈을 떴다. 손을 뻗어 엉덩이를 만져봤다. 건조한 트레이닝 바지가 만져졌다. 역시나 완경이었다.

"개새끼, 내가 죽여버린다."

소영이 침대를 박차고 일어나 이를 갈았다. 4회 차 종말은 특별히 고통스러웠다. 재이가 겪은 죽음의 순간을 그녀가 느낀 탓에 사인도 명백히 알았다. 목 졸림에 의한 질식사였다.

종말은 벚꽃이 떨어진 가지에 초록색 버찌가 맺히기 시작한 어느 봄밤 벌어졌다.

"재이는 요즘도 뜸한가요?"

대화가 어색하게 끊기자, 범우가 재이 얘기를 꺼냈다.

"세 번 보내면 한 번 답장 와요. 웬일로 내일은 저랑 선생님 만나러 온다고 오후에 메시지 왔어요. 상의할 게 있대요."

소영이 범우와 얘기하는 사이 그녀의 핸드폰으로 재이의 메시지가 쏟아졌다. 녹음 파일과 동영상, 메신저 캡처 파일이었다. 요한의 가족 단체채팅방일 거라 생각한 소영은 바로 확인하지 않았다.

"무소식이 희소식일 때도 있죠."

소영은 범우와 밤 산책을 하고 수레에서 파는 탕후루를 한 꼬치씩 사 들었다. 그녀는 딸기, 범우는 파인애플이었다.

"장 선생님은 혈당 괜찮으세요?"

앞니 사이에서 부스러지는 설탕 식감은 좋지만 당뇨 전단계인 몸뚱이가 걱정스러운 소영이었다.

"쪼금 높아요. 그래서 멧폴민 처방받았죠. 너무 애쓰지 말고 삽시다. 좋은 약 두고 굶지 말자 이거예요. 먹는 즐거움이 얼마나 큽니까. 퇴직하면 식객 블로그 할 거예요. 같이 다녀 주실 거죠?"

범우가 파인애플 탕후루를 소영의 입에 들이댔다. 소영은 한때 존경했고 지금은 사랑하는 남자의 친절을 고맙게 깨물었다. 이 사이에서 파삭, 파인애플이 부서지며 향기롭고 달콤한 과즙이 혀를 적혔다. 이쯤에서 입맞춤을 해도 좋겠다는 생각에 소영이 범우를 바라봤다.

"저기 철길 지나면 장미덩굴 우거진 오솔길이 있어요. 지금 시간엔 한적할 겁니다."

범우도 소영의 마음을 읽었다. 둘은 조급한 걸음으로 철길을 향해 걸었다. 그때 종말의 전조 증상이 나타났다. 소영은 입에 물고 있던 딸기를 뱉었다. 누군가 강한 힘으로 목을 조르고 가슴을 찍어 누르는 느낌이었다. 소영이 돌연 버르적거리자 범우는 그녀를 뒤에서 끌어안고 구토를 유도했다. 그게 아니라고 말하고 싶었지만 목소리가 나오지 않았다. 떨어뜨린 에코백 안에서 소영의 핸드폰 알림음이 울렸다. 메시지를 보낸 사람은 재이였다.

— 고성균이 날 추행했어

— 저장해

— 뺏길지도 몰라

— 차 문이 잠ㄱㅑ

소영의 얼굴이 토마토처럼 붉어졌다. 그리고 세상이 순식간에 휘발되었다.

리셋 된 소영은 가뜩이나 시원치 않은 어금니를 빠드득 소리 나게 갈았다. 그녀는 고성균이 누구인지 알았다. 재이의 중학교 첫 담임이 누구인지 궁금해 학교 홈페이지에 들어가본 적이 있었다. 제자를 추행하고 살인까지 한 인간쓰레기를 종말이 구원해준 것이나 다름없었다. 소영은 이번 생에서는 그에게 지옥을 맛보여주기로 결심했다.

소영이 기억하는 성균은 사십대 초반의 미술교사였다. 지금은 그로부터 14년 전이니 이십대 후반일 터였다. 미술도 회화, 조소, 공예, 디자인 카테고리가 많았다. 하지만 문제될 게 없었다. 소영의 대학원 동기 중 상당수가 미술전공자였다. 전국 각지에서 모여든 사람들 중에 성균을 건너 건너라도 아는 사람이 분명 있을 터였다.

소영이 세수를 하고 방에 돌아왔을 때 핸드폰이 울렸다. 대학원 조교였다. 그녀 역시 학부에서 서양화를 전공한 게 떠올랐다. 리셋이 될 때마다 조교의 전화를 무시했지만 이번만큼은 통화 버튼을 눌렀다.

"학과실인데요, 배점 정정이 있어서 전화드렸어요."

조교가 코 막힌 소리로 용건을 꺼냈다.

"조교님, 혹시 고성균이란 사람 알아요? 스물여섯일곱쯤 됐을 텐데."

소영의 급작스러운 질문에 조교가 허둥거렸다.

"혹시 정소영 학생 어머니 되실까요?"

어제까지 인사 나눈 소영과 목소리가 많이 달라 조교가 물었다.

"아뇨, 목감기 들어서 그래요. 그보다 고성균 이름 한번 떠올려보세요."

"저희 대학원생 중에서요?"

"조교님 학부 때요. 미대 나왔잖아요."

모른다는 대답과 함께 사무적인 안내가 이어졌다.

소영은 핸드폰에 저장된 미대 출신 동기들에게 하나씩 전화를 걸었다. 난데, 목이 좀 쉬었어. 너 고성균이란 이름 들어봤어? 나 소영이야, 정소영. 목소리가 좀 잠겼지? 너 학부 때 고성균이란 학생 있었어? 나야, 정소영. 목소리 얘기는 건너뛰자. 너네 대학에 고성균이란 남학생 있었을까? 여섯 명에게 전화를 걸었다. 남은 사람은 한 명이었다. 친하진 않지만 자신과 이름이 같은 한 살 언니 정소영이었다.

"판화 하던 고성균. 걘 왜 찾아?"

언니는 성균의 이름을 기억했다. 절반쯤 포기하고 전화를 건 소영은 뭐부터 물어야 할지 몰랐다.

"몇 다리 건너 아는 사람이라…… 괜찮으면 연락해볼까 하고요."

"걔 못생겼어. 행실도 별로고. 아직 학부도 졸업 못 했다. 여러모로 네가 아까워. 나 세미나 들어가, 끊는다."

"언니, 소영 언니! 저 못생긴 남자 좋아요. 연락처 좀 주세요."

소영이 핸드폰을 들고 절박하게 외쳤다.

"나중에 잘못 얽혀도 내 원망하지 마. 우리처럼 멘털 약한 사람들은 혼자 사는 게 속 편해. 앞으로 20년 후엔 비혼이 더 많아져. 메시지로 보낼게."

이 언니와 왜 친하게 지내지 않은 건지 아쉬울 만큼, 그녀는 주관이 뚜렷한 사람이었다. 몇 초 후 소영의 핸드폰으로 전화번호가 전달되었다. 성균은 사립중학교 교사였으니 고향이 파주일 가능성이 컸다. 선배가 졸업한 대학은 승지대였다.

"지금이 2005년이니까 경의중앙선 대신…… 그 뭐냐, 무궁화호. 무궁화호가 다니겠네. 가좌역에서 내려서 버스 한 번 타면 통학할 수 있겠고."

소영은 수업을 작파하고 짐을 꾸렸다. 어차피 심리상담사로 살아가지도 않을 테니 미련이 없었다. 종이상자에 짐을 담아 택배로 부치고 서울역으로 향했다. 범을 잡으려면 범 소굴로 들어가야 했다.

"지금쯤 캡틴은 꼬물이니까 조리원에 있겠구나. 그러고 보니 아기 때 사진을 많이 못 찍어놨어."

소영은 문산역 앞 성균관고시원을 베이스캠프로 삼았다. 기차역 방향으로 창문이 난 방은 월세가 5만 원이나 비쌌다. 그걸 내면 통장 잔고가 50만 원도 남지 않았다. 결전이 언제가 될지 가늠할 수 없어 돈을 아껴야 했다. 소영은 하루에 한 끼만 먹기로 결정하고 창문이 달린 방에 들어앉았다. 그녀는 대학원 선배의 이름을 팔아 성균에게 인사 메시지를 건넸다.

— 소영 선배 대학원 동기 정소영입니다. 좋은 분이라는 말씀 들었어요.

고르고 골라 적은 메시지였지만 성균에게선 답장이 없었다.

소영은 의자를 끌고 와 창가에 놓고 행인들을 살폈다. 저들 중에 사람 가죽을 쓴 살인마가 숨어 있다고 생각하니 어금니가 시큰했다.

"어머, 왜 새큰거리나 했네. 임플란트가 왜 빠져? 참 나."

하루 한 끼로 컵라면을 먹던 소영의 입에서 어금니 보형물이 빠져나왔다. 어느 날은 삼각김밥 두 개, 어느 날은 새우깡 한 봉지로 버텼다. 혈당 걱정에 스쾃을 하고 나면 다시 배가 고팠다. 그래도 관찰을 게을리할 수 없었다. 특히 통학생들이 몰리는 아침 7시부터 8시엔 장난감망원경까지 쓰고 두리번거렸다.

— 내가 아는 정소영이랑 동명이네. 이름 예뻐요. 자주 연락해요.

일주일 만에 성균의 답장이 왔다. 소통의 물꼬가 트였다. 이제 죽일 궁리를 해야 했다. 재이를 목 졸라 죽였으니 방법은 교살이었다. 성균을 죽이고 자신도 죽어야겠다는 생각을 하며 소영은 관리실로 향했다. 텔레비전을 보고 있던 중년 남자가 조금 귀찮은 표정을 지으며 소영을 흘깃 바라봤다.

"빨랫줄 얻을 수 있을까요? 많이는 안 필요해서 사긴 그렇고. 요만큼만."

소영이 팔을 뻗어 1미터 정도를 부탁했다.

"그거론 개도 못 매달겠네. 자요, 양껏 써요."

중년 남자가 카운터 아래 수납상자를 열어 붉은색 빨랫줄 한 타래를 건넸다. 고시원 주인인 남자에겐 미안한 일이지만 방 장사를 하다 보면 변사 장면을 피하긴 어려울 터였다. 소영은 통장 잔액을 뽑아 남자에게 청소비로 남길 생각을 했다. 이제 유인만 남았다.

— 이름보다 얼굴이 쪼금 더 나아요. 어디 사세요?

젊어서는 소영도 어디 가서 빠지는 인물이 아니었다.

— 파주 모르죠?

성균은 겨우 단답이나 면한 무성의한 답장을 했다.

— 저 파주 사람인데요. 어디 사세요?

— 징따? 난 문산인데.

어느새 반말로 변한 답장에 소영이 코웃음을 쳤다. 그녀는 돋보기를 조금 내려 쓰고 답장을 쳐나갔다. 오래 기다리고 공들일 필요는 없었다. 이런 쓰레기는 보이는 즉시 소각하는 게 정답이었다. 한 번에 코가 꿰도록 미끼를 던져야 했다.

— 저도요. 그럼 벙개 할래요? 문산역 근천데.

소영은 물어라, 물어라 주문을 외며 서늘한 시선으로 창밖을 내다봤다.

— 좋아. 혹시 성균관고시원 알아?

성균관고시원은 소영이 묵고 있는 곳이었다. 그녀가 어려선 중국집이었고 어느 순간 다방이 되었다가 칸막이 공사를 해 고시원이 된 건 몇 해 전이었다. 누구나 알 만한 장소는 아니란 의미였다.

— 거기가 우리 집이야. 잠깐 들러서 가방 내려놓고 움직일게. 어디서 볼래?

역에서 고시원으로 난 작은 골목길에서 오렌지색으로 머리를 염색한 청년이 걸어왔다. 갈색 코트에 한쪽 귀 피어싱, 한 손엔 담배를 든 그가 싱글벙글 웃으며 핸드폰에 타이핑을 했다. 한껏 겉멋이 든 성균이었다.

소영은 얼른 몸을 돌리고 의자에 주저앉았다. 고시원으로 불러들여 죽일 계획이긴 했지만, 여기가 성균의 영역이라면 위험할 수 있었다. 누구나 익숙한 공간에선 도망칠 방법을 알기 마련이다. 예컨대 성균이라면 벽이라고 둘러싸인 이곳 네 면이 얇은 베니어합판이라는 걸 알고 있을 터였다. 발길질만 해도 합판이 무너지고 천장이 주저앉을 것도. 차라리 여관을 알아보는 게 나을지도 몰랐다. 소영은 야구모자에 누비점퍼를 걸치고 방문을 열었다. 고시원 주인은 자리를 비웠다. 성균과 마주치기 전에 움직여야 했다.

— 그냥 우리 방 잡고 노는

까지 썼을 때 소영의 핸드폰 벨 소리가 복도를 울렸다. 마침 3층 고시원으로 올라온 성균이 전화를 건 터였다. 소영은 재빨리 몸을 돌려 다시 방으로 들어갔다.

"저기, 소영이 맞지?"

성균은 소영이 어머니 또래의 초로라는 걸 눈치채지 못했다. 여자가 드문 고시원에서 여자와 마주쳤다, MLB 야구모자에 진청색 누비점퍼를 입은 보기 좋은 키였다, 정도의 이미지만 남았다. 성균이 소영의 방문 앞에 다가가 물었다.

"맞긴 한데, 이렇게 마주칠 줄은 몰랐어요. 우리 다른 데서 놀래요? 고시원은 시끄럽잖아요."

소영은 어린 목소리를 내느라 입술을 가로로 벌리고 앞니에 혀를 부딪쳤다.

"그럼 일차만 고시원에서 하고 이차는 나가자. 아서원에 탕수육 시킬게. 넌 소주, 맥주?"

얼굴을 보자마자 올가미를 채워야 하는데 전화기를 붙들고 있으면 곤란했다.

"안주 없이 마실게요. 전 소주요."

성균이 소리 없이 웃었다. 이게 웬 떡인가 싶었다. 후배와 동기들 사이에선 껄떡쇠로 소문나 점심도 혼자 먹는 처지였다. 그래도 욕구는 남아 매일 채팅으로 만날 여자를 찾았다. 일주일간 소영의 문자에 답하지 않은 건, 그가 핸드폰을 잃어버렸다 오늘 다시 찾은 탓이었다. 냉장고에서 차가운 소주 두 병과 종이컵을 꺼낸 성균은 한 가지 의문이 생겼다. 남들도 부모의 영업장에서 여자와 뒹굴까. 안 되는 게 어딨어. 옛날 사람들은 단칸방에서도 열 남매씩 낳았잖아.

가족 공동 영역에서 교미하는 게 그리 결례는 아니라고 생각했다. 성균이 헤벌쭉 웃으며 소영의 방문 앞에 놓인 앙증맞은 운동화 한 켤레를 바라봤다.

"나 들어간다."

그가 구두 뒤축을 발등으로 밀어 벗어내고 문손잡이를 비틀었다. 방 안 침대 위에도 창가에 놓은 의자 위에도 여자는 없었다. 그가 영문을 몰라 잠시 멍하게 서 있을 때 소영이 만든 올가미가 그의 머리에 씌워졌다.

소영은 살인에도 골든타임이 있다는 걸 깨달았다. 비명이나 발버둥이 발생하는 건 어설프게 덤벼서였다. 혼신의 힘을 다해, 어차피 나도 죽는 거 갈 데까지 가보자는 마음으로 악을 쓰면 상대가 남자여도 맥을 못 출 거였다. 숨이 끊어지기까지 걸린 시간은 4분 22초였다. 올가미를 당기는 내내 그녀는 입으로 초를 셌다. 일, 이, 삼, 사, 오, 륙……. 성균이 들고 있던 소주병이 방바닥을 나뒹굴었다. 그의 어깨에 걸

렸던 크로스백이 팔을 타고 내려와 툭 떨어졌다. 바지 앞섶이 소변으로 젖어가는 게 보였다. 그래도 방심해선 안 되었다. 빨랫줄이 마찰하며 소영의 얇은 피부를 파고들었다.

"그러게 왜 그랬어? 왜 제자를 건드린 거야? 내가 대신 대답해줄까? 너 같은 소아성애자들은 어른 여자가 무섭거든. 몇 번 껄떡거리다 안 되면 저 포도는 셔서 안 먹는 거야, 난 여린 풀이 좋아, 논리회로가 망가지는 거지."

성균이 죽자 소영은 그를 방 안으로 끌어들였다. 살인자가 되었지만 후회는 없었다. 재이를 지켜냈으니 그걸로 만족스러운 삶이었다. 소영은 성균의 목에서 빨랫줄을 풀어 커튼봉에 묶었다. 그녀는 창가에 놓아둔 의자로 올라가 환희의 눈물을 흘리고 줄에 목을 걸었다. 가볍게 몸을 한 번 띄워 의자를 차버리고 힘을 뺐다. 커튼봉이 꺾이며 소영은 방바닥으로 낙상했다. 그녀는 떨어진 채로 누워 고시원 천장을 바라봤다. 이놈의 관짝 같은 방에는 목매달 만한 지지대가 없었다. 그러다 깨달았다. 내가 굳이 죽어야 되나?

재이 외에 소영이 소영이라는 걸 아는 사람은 없었다. 2005년에도 CCTV가 있긴 했지만 전철이나 관공서 같은 다중이용시설뿐이었다. 소영의 인상착의는 이십대 중반의 대학원생 정소영과 너무나 판이했다. 물론 지문으로 신원이 발각될 가능성은 있었다. 하지만 경찰이 찾는 정소영은 어느 날 갑자기 고성균을 수소문하다 연락이 두절된 실종자일 거였다. 고시원 주인이 소영의 나이와 생김을 설명하겠지만 주민등록증 사본이나 등본 한 통 없으니 난항에 빠질 게 틀림없었다. 2018년에서 찾아온 살인자라는 창의력은 소설가의 영역이었다.

소영은 도주했다. 고양고속터미널에서 가장 먼 전주행 표를 끊었다. 곧 부모가 죽고 용의자이자 유가족인 소영을 찾는 발길이 바쁠 터였다. 그녀는 전주에서 영광 그리고 함평을 거쳐 주포항 인근에 다다랐다. 거기서 리어카로 커피와 보리차를 팔기 시작했다. 여름엔 냉커피가 되었고, 가을엔 칡즙을 팔았다. 다시 겨울이 돌아왔을 쯤, 소영은 어촌계 한 구석에 자리를 얻어 추위를 피할 수 있었다.

성균의 죽음은 보름 정도 뉴스를 달궜다. 지문을 통해 용의자가 이십대 중반 대학원생이라는 경찰의 발표가 있었지만 유가족은 피켓을 들고 오십대 후반 노인이라고 시위했다. 몇 달 뒤엔 파주 고시원 살인사건의 용의자 부모 피살 소식이 보도되었다. 그리고 사나흘 뒤엔 병사라는 정정보도가 나왔다.

2년이 흘렀다. 그사이 소영은 다른 임플란트까지 빠져 볼이 쏙 들어갔다. 오십견으로 왼쪽 팔을 들 수 없었다. 상인들이 사 마셔준 덕에 커피가게는 그럭저럭 굴러갔다. 그래봐야

월세를 내고 나면 겨우 분식으로 하루 두 끼 먹을 뿐이었다. 소영은 재이가 그리울 때마다 파주 날씨를 검색했다. 늘 3도에서 4도씩 파주가 더 낮았다. 지금쯤 캡틴은 걷겠구나, 이유식을 먹겠구나, 유치가 났겠구나 생각하면 저절로 미소가 지어졌다. 성균이 없으니 무병장수하길 바랄 뿐, 이제 소영에게 다른 욕심은 없었다. 그녀가 공양주보살처럼 위아래 쥐색 누비옷을 입고 손을 곱아가며 커피 물을 끓이던 날이었다.

"재이 엄마, 여기도 원두 내려서 싸게 팔아. 빽카페에서 원두가 1500원인데 누가 인스턴트를 2천 원 받아. 자기도 한잔 사 먹어봐."

어촌계 사람들은 소영을 재이 엄마라고 불렀다.

"형님, 그런 말 말아요. 우리 커피는 물이 달라. 내가 학평약수터 가서 직접 떠오는 거잖아. 인건비 생각하면 너무 싸."

대꾸하던 소영이 비틀거렸다. 가스레인지에 올려놓은 들통으로 머리가 떨어질 뻔했다.

"어머, 자기 뇌졸중이야?"

놀러 온 이웃이 지갑형 핸드폰 케이스를 열어 119를 눌렀다.

"아냐, 형님. 이거 그냥 종말이야. 세상에, 1회 차 때랑 똑같네."

그 말을 끝으로 소영의 세상은 종말 했다. 머디먼 파주의 관사에서 벌어진 비극적인 사고 탓이었다. 재이는 4회 차 죽음의 충격으로 말을 하지 않았다. 언어 치료도 소용없었다. 다양한 발달장애 중 하나라고 결론 내린 유진과 은혜는 아이한테 해롭다는 TV를 중고로 팔아버렸다. 그래서 재이는 성균이 살해된 사실을 모르는 채 성장했다. 아무리 기다려도 소영은 돌아오지 않았다. 재이는 그녀가 멍청하게 살해당한 자신에게 실망한 거라고 생각했다. 더 살아봐야 언젠가 성균과 마주칠 테고, 그가 놓은 올무에 목이 졸려 죽음을 맞이할 것 같았다. 그러느니 일찌감치 리셋 하는 게 낫다는 결론을 내렸다. 재이는 1회 차 인생 때 그랬듯 또다시 식탁에서 떨어져 짧은 생을 마감했다.

6회 차 사랑할 수 있을까

7회 차 인생의 재이는 전생 고백을 멈췄다. 살기 위해 넘어야 할 산이 많았지만, 이젠 남의 코치 없이도 가볍게 에둘러 갈 요령이 생겼다. 소영을 찾으면 하고 싶은 말이 잔뜩 있었지만 이즈음에서 포기하는 게 옳은 것 같았다. 재열 삼촌의 매부가 형사이니 곧 순댓국집 외동딸의 연락처를 가져다준다던 유진은 계절이 두 번 바뀌도록 소식을 전하지 않았다. 재이는 서운했지만 유진 탓이 아니라는 걸 알았다. 살아 있다면 지금 그녀의 나이는 구십대일 터였다. 은혜는 아직 잔주름 한 가닥 없는데, 같은 해에 태어난 소영은 생존 가능성이 매우 희박했다. 아마도 소영이 지난 6회 차 인생에서 죽었을지 모른다고 생각했다. 재이가 아는 한, 소영은 말기암 환자였다. 두 사람이 다시 만난 건 6회 차 인생 여덟 살이었다. 그것도 아주 뜻밖의 장소에서 마주쳤다.

세상이 리셋 되자 소영은 담담하게 짐을 꾸려 파주로 내려갔다. 그녀는 요양보호사 자격증을 취득했고 순댓국집 자리에 편한자리노인재가센터를 개원했다. 요양보호사 세 명을 고용하고 현수막과 전단지 광고로 영업을 하니 5회 차보다 살 만했다. 이 무렵 소영은 마음만 먹으면 얼마든지 재이를 찾을 수 있었다. 재이가 자신을 그리워한다는 것도 알았다. 하지만 먼저 나서지 않은 건 떳떳하지 못해서였다. 5회 차에서 성균을 살해했지만, 6회 차에서 그는 멀쩡히 부활했다. 그러니 다시 살인자가 돼야 했다.

이전처럼 고시원으로 불러 올가미를 쓰지는 않았다. 체력도 달리지만 도망자로 살 자신이 없어서였다. 대신 소영은 산연중 앞에서 김밥을 팔았다. 새로 부임한 성균은 출근할 때마다 김밥 한 줄과 두유를 사 갔다. 소영은 그의 김밥에 무색무취의 농약 메소밀을 아주 조금씩 섞었다. 천천히 의문사하길 바라며 1년이나 공들였다. 그리고 국화를 든 교사와 학생들이 황망한 표정으로 등교하던 어느 초가을 아침 소영은 새벽 장사를 접었다.

이유야 어떻든 소영은 한 사람을 두 번이나 죽인 살인자였다. 재이의 눈을 똑바로 바라볼 용기가 없었다. 대신 소영은 재이의 할머니 은순을 찾아갔다. 일주일에 하루 휴무인 간병인을 대신해 은순을 돌보러 다녔다. 거기서 이따금 재이의 이야기를 듣는 게 낙이었다.

"손녀딸 이제 초등학교 들어갔겠네. 걔 살 안 찌게 조심시켜야 해요."

소영은 참외를 깎아 은순과 병실 안의 노인 다섯에게 나눠 주었다.

"내가 아줌마한테 우리 손녀딸 살찐 얘기를 했나?"

은순은 자신의 기억력이 못 믿을 만하다는 걸 깨닫고 재이 자랑을 이어갔다.

"통통해도 약아. 걔 별명이 애줌마야. 애가 애 같지가 않거든. 얼마나 똑똑한지 나한테 할머니 담낭검사 좀 받아봐요. 거기 돌이 생기면 몹시 아프대요. 기술이 좋아서 금방 치료할 수 있어요, 조잘조잘 훈수를 놓는 거라. 그래서 초음파를 했더니만 진짜 돌이 생겼다지 뭐야. 저번 주에 그거 시술받았어. 오지게 아프더라."

잘 살고 있구나, 아픈 데 없이 무럭무럭 야무지게 크는구나. 소영은 콧등이 시큰했다.

"어르신은 좋으시겠다. 아드님 공무원이고 며느님 미용사고 손녀는 똘똘하고."

소영은 티슈를 뽑아 눈가를 닦아냈다.

"우리 며느리 미용사 아닌데? 딴 집이랑 가리 들었나 보네."

너무 일찍 말해버렸다. 재이재이헤어살롱은 개업 전이었다.

"아줌마도 손주 봤을 나인데, 자랑 좀 해봐. 원래 손주 자랑하려면 만 원씩 내야 하는데, 내가 공짜로 들어줄게."

은순의 말에 소영은 말문이 막혔다. 손주는커녕 배우자와 자식도 없는 삼십대라고 하면 믿어줄 리 없었다. 어느 순간부터는 염색과 파마도 하지 않았고, 화장품은 스킨과 로션만 발랐다. 지난 생까지는 욕심을 내 나이에 걸맞지 않은 옷을 사들이거나 굽이 높은 구두도 신었지만 이젠 편하고 가벼운 것만 걸쳤다. 그래서 칠십대인 은순과 비슷한 또래로 보일지 몰랐다.

"결혼을 아직……."

하지 않았다고 말하려는데, 간호사가 은순을 찾았다.

"어머님, 면회실에 식구들 오셨어. 지금 갈 거야."

평일 오전이었지만 포상휴가를 받은 유진이 면회를 온 터였다. 은순이 희색을 띠며 침대맡에 걸어놓은 카디건으로 손을 뻗었다.

"여사님, 우리 어머니 머리 좀 빗겨드리고 면회실로 모셔 오세요."

소영은 올 게 왔다는 걸 직감했다. 아무렇지 않게, 이전처럼 환한 얼굴로 재이를 대면하진 못할 터였다. 그래도 캡틴 때문에 살인자가 되었다는 말만 참으면 어스름한 그림자로나마 재이 곁에 머물 수 있지 않을까, 소영은 설렜다. 그렇게 생각하자 잊고 지냈던 재이의 체취와 보드라운 볼, 유난히 작고 네모난 손톱이 선명하게 떠올랐다. 소영은 비어져 나오는 웃음을 참으며 은순의 머리를 빗겼다.

"재이야, 너 왜 그래? 빵 먹으라니까. 오래된 거 아냐."

은순은 간식으로 나온 단팥빵을 재이에게 건넸다. 그러나 재이의 시선은 은순 뒤에 두 손을 모으고 서 있는 소영에게 사납게 박혔다.

"어린애도 아니고, 낯선 사람 있다고 저러네."

은순이 소영에게 나가보라는 손짓을 했다.

"아냐, 할머니. 나, 저 할머니 좋아."

재이는 소영에게 묻고 싶은 게 많았다. 버젓이 살아 있으면서 8년이나 연락하지 않은 이유를 들어야 했다. 재이는 소영을 바라보며 단팥빵을 입에 욱여넣었다.

"학교는 다닐 만하고? 괴롭히는 놈 없어?"

은순이 물었지만 재이는 분한 마음을 추스르지 못하고 소영만 바라봤다. 예상은 했지만, 그보다 훨씬 초라한 모습이었다. 마지막으로 본 13년 전까지만 해도 중년의 끄트머리였는데, 이젠 은순 또래의 노파가 되어 있었다. 살도 많이 빠졌고 없던 검버섯이 뺨에 얼룩덜룩했다. 재이의 시선이 따가웠던 소영이 거칠고 건조한 얼굴을 숙였다.

"애 옆집 준서하고 친해져서 잘 붙어 다녀요. 어머니, 점심 드셔야죠."

은혜가 시내에서 사 들고 온 추어탕 포장을 벗겼다. 재이가 손으로 코를 틀어막고 인상을 찌푸렸다.

"나 저 할머니랑 나가서 놀고 오면 안 돼?"

재이의 말에 어른들이 동시에 이 녀석, 하고 외쳤다.

"괜찮아요, 어르신. 저 아이 좋아해요. 요 앞에 둘레길 한 바퀴 돌고 올게요."

소영이 뻑뻑한 무릎 관절을 접어 재이의 키에 맞추고 팔을 펼쳤다. 재이가 달려와 덥석 안기길 바랐지만 우뚝 멈춰 섰다. 소영이 미소를 지으며 몸을 일으켰다.

"캡틴은 그대로구나."

"많이 늙었네, 쌤은."

어른들이 추어탕을 먹는 동안 재이와 소영은 면회실을 나섰다. 늦가을의 둘레길은 갈대가 우거졌다. 멀리서 낙엽 태우는 냄새가 실려 와 소영의 마음을 달랬다. 재이의 걸음이 빨라 속도를 맞추느라 소영은 숨이 찼다.

"캡틴, 그동안 연락하지 못해서 미안해. 여러 가지 일이 있었어. 직업도 바뀄……."

“황주아를 믿으라는 준서의 예언 기억나?”

재이가 소영의 말을 끊어냈다. 재이는 지난 6회 차 삶 전체를 준서의 예언 해석에 매달렸다. 그리고 얻은 결론은 허무했다.

“기억나지. 정말 죽음과 연관이 있는 말이었어?”

“주아가 담임한테 말하면 죽는다고 했어. 뭐 때문에 나온 말인지도 기억 안 나는데, 결국 그 경고를 무시한 내 잘못이었어. 쾌녀로 자라고 싶었는데 세상은 매정하더라. 그냥 입 닫고 얌전히 수그려야 하는 게 이치였어. 그걸 내가 너무 늦게 깨달았지. 이제 쌤이 도와주지 않아도 돼. 내 인생의 구원자는 준서거든. 해석이 쉽진 않은데, 해봐야지.”

소영이 오르막길에 미끄러지지 말라고 군데군데 끼워둔 나무막대를 밟다 걸음을 멈췄다. 안검하수로 처진 눈꺼풀이 들썩했다. 자신이 돕지 않아도 된다는 말이 서운해서가 아니었다.

“그때 일은 캡틴 잘못이 아냐. 그렇게 생각하면 안 돼.”

경고를 무시하고 성균에게 다가선 게 잘못일 수 없었다. 죄는 살인자에게 있었다.

“증거를 잡겠다고 내가 나간 거야. 늦은 밤에 겁도 없이 어른 남자의 차에 덥석 탔는데 그래도 내 잘못이 아니라고?”

재이는 그 일을 두고두고 후회했다. 약한 게 죄였고 겁 없는 것이 죄였고 실행한 것이 죄였다.

"피해자는 자길 원망하는 순간 지옥에 갇히는 거야. 내가 그런 사람이어서 잘 알아. 캡틴의 구원자는 캡틴 자신이어야 해."

지금은 가해자지만, 무수한 순간에 소영은 대체로 피해자였다.

80년대에 태어난 여자아이들은 이름 끝에 꽃잎 영(英)이나 아름다울 미(美) 자, 착할 선(善) 자가 많이 붙었다. 꽃처럼 예쁘거나 소처럼 고분해야 사랑받는 시대였다. 소영의 친구들 중 절반이 그랬다. 지영, 미영, 은미, 지선, 미선. 한 반에 꼭 한둘은 소영과 이름이 같아 키가 큰 그녀는 늘 큰 소영으로 불리었다.

"큰 소영, 엎드려뻗쳐."

소영은 매가 허락되는 시절에 초중고를 나왔다. 준비물이 없으면 의자를 들고 서 있었고, 숙제를 해 오지 않으면 손바닥을 맞았다. 반에서 싸움이 나거나 물건이 사라지면 전체가 기합을 받았다. 소영은 커닝 누명을 쓰고 반 아이들이 바라보는 가운데 바닥을 짚고 엎드려야 했다. 담임은 죽을힘을 다해 소영의 엉덩이를 스무 대나 때리고도, 기분 나쁘게 쳐다봤다는 이유로 뺨따귀도 한 대 보탰다. 억울한 매질을 당하고도 소영은 담임이 무서워 눈길을 피했다. 혹시 담임이 오해할 만한 행동을 한 게 아닐까, 지난 순간을 검열했다. 그래서 다다른 결론은 어쩌면 자신이 커닝한 게 맞을지도 모른다는 엉뚱한 답이었다. 그렇게 생각하자 소영은 마음이 편안해졌다. 지은 죄가 있어 맞았으니 억울할 게 없었다.

“그러게 상과 가랬더니 왜 인문계 가서 대학 타령이야? 네 사촌 은정이는 반도체공장 합격해서 벌써 첫 봉급 받았다더라.”

고3이 되어 입시 원서를 쓸 쯤, 소영네 집이 기울었다. 순댓국집을 내느라 고모에게 몰래 빌려 쓴 3천만 원이 고모부에게 들킨 탓이었다. 고모부의 독촉에 부모는 고리 이자를 내고 사채에 손을 댔다. 소영의 부모는 점점 불어나는 원금과 이자를 갚아야 했다. 그래서 공부 잘하는 딸이 원망스러웠다.

“나 자격증 없어서 취직 못 해. 1학기 등록금만 해줘. 그 담엔 내가 벌어 쓸게.”

소영은 부모에게 약속을 지키느라 대학 시절 내내 아르바이트를 했다. 전단을 돌리고, 편의점에서 바코드를 찍고, 독일식 맥줏집에서 일할 때는 한 손에 맥주 네 잔씩 들어 서빙하는 요령도 배웠다. 사촌 은정은 통화할 때마다 울었다. 3교대 근무가 힘들어 몸이 퉁퉁 붓고 생리도 멈췄다고 했다. 그래도 맏딸이 살림 밑천이랬으니 그만둘 수 없어 미칠 것 같다고 하소연했다. 그런 은정과 빚내어 빚 갚기 바쁜 부모에게 소영은 엄살을 부리지 못했다. 오히려 괜히 진학하겠다고 우긴 바람에 은정처럼 살림 밑천이 되지 못한 게 미안했다. 소영은 원룸으로 이사 갈 만큼 돈을 모았지만 그걸 엄마에게 부쳐주고 고시원으로 들어갔다.

"교수님, 올해 전국심리상담학회 포럼 준회원 명단에 저 대신 박찬열이 올라가 있던데요?"

전국심리상담학회 정회원은 현직 상담사나 교수로 구성되었다. 매년 한 번 관련 학과 장학생 한 명을 준회원으로 입회시켰는데, 성적장학생인 소영 대신 과대표 이름이 올라간 거였다.

"원칙대로 하자면 니가 올라가는 게 맞는데, 서로 불편하잖니. 올해는 일본 포럼도 참석해야 할 거 아냐. 아무래도 사내새끼랑 가는 게 내가 편하지. 그렇다고 너한테 불이익 가는 건 없어. 대학원 진학할 거라며. 대학원생은 다 준회원인데 그걸 못 참아? 딱 1년 늦는 거잖아."

교수는 술자리에서 잔을 채워주고 출장에서 한방을 쓰기 편한 사내놈을 골랐다. 그때도 소영은 왜 진즉 교수에게 술도 따라주고 어깨도 주물러주고 반죽 좋게 농담도 걸 줄 몰랐는지, 자신이 한심했다. 그러다 이 지긋지긋한 타임루프에 빠졌고, 비로소 자신이 얼마나 자기를 혐오했는지 되돌아보게 됐다. 그러기까지 걸린 시간이 무려 50년 넘는 세월이었다.

"캡틴 잘못 없어. 여기 로직이 이상한 거지. 피해자는 어떤 순간에도 가해자 앞에 고개 숙여선 안 돼. 캡틴, 나 어쩌면 세상의 종말을 막을지도 몰라. 13년간 골머리를 썩었는데, 이제 조금 알 거 같아. 여긴 가상세계가 아냐."

소영이 힘주어 말하고 다시 오르막길을 걸었다.

"그럴 리가 없어. 여긴 게임 세상이야. 그래야 모든 게 자연스러워. 미션에 실패하면 플레이어가 죽는 단순한 규칙이잖아."

재이는 3회 차부터 이 기이한 환생이 누군가 어설프게 프로그래밍한 게임일지 모른다고 생각했다. 플레이어는 재이였고, 소영은 듀얼모드에서 일어난 버그 그리고 준서를 포함한 주변인 모두가 NPC라고 상상했다. NPC가 던지는 퀴즈를 맞혀 특정한 미션을 완수해 새로운 스테이지로 넘어가는 게임이라면 모든 현상이 얼추 설명되었다.

"게임이라면 현실의 플레이어가 있을 거 아냐? 그 사람이 시키는 대로 움직여야 할 텐데 캡틴은 자아를 갖고 판단해왔잖아. 또 게임이라고 가정하면 캡틴이 보지 않는 곳은 멈춰 있어야 해. 하지만 그렇지 않았어. NPC라고 생각하는 인물들 중에 비참하게 죽는 경우를 봤거든. 죽음과 종말을 연결 짓지 말라는 거야. 캡틴 마음에 집중해봐. 종말 직전의 캡틴 마음. 마음이 먼저고 현상은 그다음이야. 징조 같은 건 무시해도 돼."

소영은 성균의 이름을 말하지 못해 답답했다. 재이가 없는 곳에서 전전생의 빌런을 살해했다고 털어놓으면 긴 설명이 필요 없는데 두루뭉술하게 넘겨야 했다.

"몰라! 죽게 생겼는데 마음이란 게 있겠어? 그냥 어처구니없고 짜증 나지. 또 죽는구나. 송재이, 너는 진짜 답이 없구나."

그 대답에 소영은 재이를 살며시 끌어안았다. 그리웠던 체취와 보드라운 뺨이 품 안에서 잠시 저항했다.

"그게 전부가 아닐 거야, 캡틴. 화가 나기 전엔 훨씬 복잡한 감정이 들었을 거야. 더 생각해봐."

소영에게 서운한 게 많은 재이가 몸을 뒤척대다, 이내 그녀를 받아들였다. 참 작아졌네. 이러다 내가 더 커지겠어. 재이의 마음이 씁쓸했다.

"화가 나기 전엔, 서운했어. 꼭 누구 한 명씩은 원망하면서도 내가 미련해서 당했다고 생각했지."

1회 차 때는 할머니였다. 은순은 재이의 태몽이 푸른 이무기였다며 아들일 거라 장담했다. 그런데 은혜가 딸을 낳자 기뻐하면서도 기저귀를 갈 때마다 뭐 하나만 달려서 태어났으면 장군감인데, 듣기 싫은 말을 보탰다. 재이는 은순을 사랑했지만 그 질량만큼 멀어질 때도 미워할 때도 있었다. 은혜에겐 박정한 시어머니였고, 유진에겐 너무 애틋해서 피곤한 어머니였다. 재이는 자기 다리 사이에 뭐 하나가 빠져 있어 은순과 은혜 사이가 멀어졌다고 생각했다. 그래서 2회 차부터는 은순에게 더 달라붙고 아양을 떨며 빠진 무언가를 채우려고 노력했다.

"잘못은 다른 사람들에게 있었어. 1회 차 땐 은순 어르신이었을 거고, 2회 차엔 은혜 씨였지."

다 때려치우고 싶어도 너 때문에 산다던 은혜였다. 딸의 수영강사와 밀회를 즐길 때도 그런 생각을 했는지 묻고 싶었다. 하지만 재이는 은혜의 원망이 아주 없는 말은 아니라고 생각했다. 자신이 태어나지 않았다면 은혜는 피곤한 시어머니와 무심한 유진 곁을 일찌감치 떠나 좀 더 번듯하게 살지도 몰랐다. 할 수만 있다면 다시 은혜 배 속으로 기어들어가고 싶었다.

"3회 차에선 아빠였어. 나 때문에 아빠는 못 살겠다고 했거든. 그 말이 너무 간곡해서…… 그래서 4회 차엔 태어나고 싶지 않았어."

재이가 소영 품에서 흐느꼈다. 투자에 실패해 가족을 몰살한 유진은 전생을 깨끗이 잊었다. 불구덩이에서 죽어가면서, 재이는 아빠를 원망하지 않았다. 오히려 준서의 예언을 제대로 이해하지 못한 자신을 어리석다고 생각했다.

"4회 차엔 명백한 범죄 희생자였는데도 캡틴은 자책하고 5회 차 기회를 던져버렸어. 매회 차마다 빌런이 있었는데, 캡틴은 계속 자기만 타박한 거야. 어쩌면 내 도움 같은 건 필요 없을지 몰라. 캡틴을 구할 수 있는 건 세상에 단 한 사람, 캡틴뿐이야."

소영의 말에 재이는 무기력해졌다. 보물을 찾아 전 세계를 누비다 진짜 보물은 너희의 우정이란다, 로 끝나는 만화 같은 얘기였다. 재이는 소영을 품에서 밀어내고 올라온 길로 돌아갔다. 게임이라고 생각했을 때는 만사가 제 마음대로 풀리지 않아 약이 오르고 분했다. 그래도 다음 게임에 집중해보자, 다짐하고 새로운 마음으로 태어나곤 했다. 하지만 지금 이 현상이 누군가 만든 가상세계가 아니라면 어떻게 극복해야 할지 몰랐다.

"쌤, 나 혼란스러워. 게임이 아니면 대체 여긴 어디란 말야?"

마침 도토리를 주우며 다가온 사람이 둘을 흘끗거렸다. 여덟 살 아이와 팔십대 노인이 나눌 법한 대화가 아닌 탓이었다.

"내가 내린 결론이 있어. 여긴 캡틴의 마음이 만든 세상이야. 나도 자라는 내내 죽고 싶었어. 평범한 여자아이들 모두가 그런 생각을 수도 없이 한단 얘기지. 어른이나 다른 성별에겐 대수롭지 않은 순간에도 우린 좌절하고 자책하며 죽기를 꿈꿨어."

소영은 무릎이 아파 내리막길을 옆으로 걸어야 했다. 절룩거리면서도 말을 이어나갔다.

"준서의 예언이나 내 노화 같은 건 신경 쓰지 마. 캡틴이 하고 싶은 대로 살고 후회하지 않으면 돼. 그럼 어른이 될 수 있어. 지금까지와 다른 패턴으로 가보는 거야."

재이는 동의하지 않았다. 이게 자신의 마음속 환영이라면 마음 안에 또 마음이 있다는 얘기였다. 어떻게 그런 게 가능한지 아무도 설명하거나 증명해주지 못했다. 자기 밖의 진짜 자신은 대체 어떤 인간이기에 조금만 수틀려도 죽음을 떠올리는지 이해할 수 없었다.

"어른 되면 달라져? 그땐 삶의 의욕이 마구 뻗치나 봐? 아니잖아. 이제 내가 귀찮은 거잖아. 어차피 쌤은 늙어빠졌으니 죽으면 그만이고, 나 따위 어떻게 되든 상관없는 거잖아. 그래서 이번 생에 꽁꽁 숨은 거 아니었어?"

재이가 고개를 돌려 소영을 노려봤다. 그 말대로라면 소영 자신이 겪은 역경과 노화, 슬픔과 공허는 모두 나약해빠진 재이 때문이었다.

"물론 어른이 된다고 좌절하지 않는 건 아냐. 그래도 사춘기가 지나면 캡틴은 마음과 현실을 구분할 수 있을 거야. 혼란이 멈출 때까지 버텨야 해."

결국 소영이 하는 말은 자신을 향한 원망을 멈추고 버티란 거였다. 재이는 소영을 천천히 눈으로 훑었다. 반백의 쇼트커트에 검버섯이 핀 노파는 닳아 없어질 것처럼 작았다. 누런 기모티셔츠 위에 꽃무늬 누비조끼를 입고, 초등학생용 고무실내화를 신은 초라한 모습이었다. 소영의 말이 맞다면 그녀의 노화는 재이 탓이었다. 재이가 자신을 원망하고 노여워하느라 50년 넘게 허송세월한 탓에 소영은 일과 사랑을 놓친 채 밤 쭉정이가 되었단 얘기였다.

"그 말이 사실이라면 이번 생에 종말은 쌤 땜에 찾아올 거야. 어떻게 이런 소릴 듣고도 어깨 쫙 펴고 살 수 있어? 쌤은 나한테 죄책감을 떠넘긴 거야, 알아?"

성균 이야기는 꺼내지도 않았는데, 재이는 버거워했다. 그대로 달아나 요양병원 주차장으로 향했다. 소영은 황급히 걸음을 옮기다 돌부리에 걸려 나동그라졌다. 늑골이 부러져 옆구리에 통증이 뻗쳤다. 누군가에게 죄책감을 떠넘길 수 있다면, 넘긴 사람은 가벼워져야 할 텐데 소영은 가슴에 돌덩이가 얹힌 것 같아 일어설 수 없었다.

*

6회 차 인생에서 재이와 소영의 만남은 그날이 마지막이었다. 은순은 간병인 아줌마가 로터리에서 편한자리노인재가센터를 한다고, 한 말을 잊고 또 말하고 또 말하길 반복했다. 버스만 한 번 타면 다다를 거리였지만 재이는 소영을 찾아가지 않았다. 얼마나 더 늙었는지 확인하고 싶지 않았다.

대신 소영의 바람대로 하고 싶은 대로 살고 후회하지 않을 마음의 준비를 했다. 재이는 여전히 이 세상이 불편하게 코딩된 게임세계라고 믿었지만, 변화가 필요한 시기라는 데 동감했다. 분위기 전환을 하려면 새 캐릭터라이징이 필요했다. 이전에 살아온 송재이보다 뻔뻔하고 제멋대로일 필요가 있었다. 누가 듣기 싫은 소릴 하면 곧바로 성질내며 받아칠 센스와 싸가지를 키워야 했다.

"넌 왜 하는 짓이 꼭 아빠 닮았어? 이어폰을 주머니에서 빼놨어야지, 빨래통에 고대로 넣으면 어떡해? 내가 니 하녀야? 진짜 못 살겠다."

은혜의 잔소리에도 주눅 들지 않았다.

"아빠가 나 자가생식했나? 필요한 말만 해. 다음부터는 주머니 확인 꼭 해라, 그거면 되잖아. 이런 일로 못 산다면 그건 내 문제가 아냐. 엄마가 병원 다녀야 해."

재이의 반격에 은혜는 기함했지만 아주 틀린 말도 아니라 조용히 수그려야 했다.

“엘베 뚱땅거리는데, 거기 뚱뚱한 학생 내려라. 얘, 너 말야, 너.”

독서실 엘리베이터가 정원 초과로 닫히지 않자 경비원이 재이에게 손가락질하며 다가왔다. 내키는 대로 살다 보니 조금 과체중이 됐지만, 순서상 재이보다 늦게 탄 깡마른 남학생이 내리는 게 맞았다. 재이는 남학생의 등허리를 손으로 밀어냈다.

“송재이, 너 자꾸 상담실에 CCTV 건의할래? 그거 안 된다고 몇 번을 말해?”

더는 성균이 근무하지 않았지만, 재이는 분기에 한 번씩 상담실에 CCTV 설치를 건의했다.

“그럼 계속 안 된다고 말씀하세요. 저는 할 거니까.”

세상이 만만하지 않았지만, 만만한 척 연기하다 보니 그럭저럭 살 만해졌다.

“스쿨버스 안 타고 어디 가?”

그럼에도 만만해지지 않는 사람은 준서였다.

소영은 그의 메시지가 중요하지 않다고 했지만 재이는 무시할 수 없었다. 유넌 내내 재이는 늘 준서 곁에 붙어 있었다. 그가 오토모드일 때 하는 말들을 메모장에 적었고, 상징

적인 단어나 관용적 표현이 나오면 여러 가지 가능성을 열어놓고 해석해 생활에 적용했다. 리더가 되라고 했을 땐, 귀찮은데도 학생회장 선거에 나갔다. 물리는 만물의 이치라는 말에 한 줄도 이해하기 힘든 일반물리학을 읽었다. 준서의 예언은 어떤 상황에나 딱 들어맞는 건 아니었지만, 재이를 우등생으로 만들기엔 충분했다. 그렇게 붙어 지내다 보니 둘은 어영부영 공식 커플이 되었다.

중학교까지는 또래에 비해 제법 남자 티가 나는 꺽다리 정도였지만, 성인에 가까워지자 준서는 보기만 해도 아찔한 매력이 움텄다. 수염이 짙어 일찍 면도를 시작했고, 불쑥 키가 크며 살이 빠지자 얇은 속쌍꺼풀이 생겼다. 각진 턱은 자신만만해 보였고 풀업으로 단련된 어깨는 교복 셔츠에 빠듯하게 조였다. 그래서 주아를 비롯한 여자아이들이 드러내놓고 알짱거렸다. 심지어 준서의 책상에 초콜릿이나 새 운동화를 선물하는 남학생도 있었다. 준서는 흔들리지 않았다. 보란 듯이 재이와 손잡고 교정을 누볐으며, 나란히 앉아 급식을 먹고, 꾸벅꾸벅 졸면서도 재이를 따라 고전문학읽기 동아리에 가입했다. 모두가 부러워하는 한 쌍이었지만, 재이는 연애의 즐거움을 몰랐다. 오토모드 기간에는 준서가 무슨 예언을 할지 몰라 늘 긴장하고 받아 적을 태세였다. 그가 본래의 이준서 의식 구간으로 돌아왔을 땐 재이는 지치고 예민해졌으며 밀린 공부에 바빴다.

"송재이, 너 또 스쿨버스 안 타네. 내 전화도 안 받고."

재이가 주아와 택시를 잡으려는데 준서가 따라붙었다.

"주아네 집에 놀러 간다고 말 안 했나? 일단 너도 타."

재이와 주아는 티격태격한 시간이 길었지만, 사춘기를 넘기며 둘은 서로에게 강력한 공통점을 발견했다. 결코 만만해 보이지 않는 여자애들이라는 점이었다.

"너네 아이비클럽으로 갈 거지? 나도 그 근처 스카 갈래."

재이는 주아네 집에서 릴스를 찍을 계획이었다.

"야, 송재이. 우리도 스카 가자. 걔 공부 방해하는 설정으로 찍으면 어때?"

주아가 갑자기 계획을 틀었다.

"스카에서 그래도 돼? 쫓겨날 거 같은데. 이준서, 오늘은 그만 붙어 있자, 응?"

재이가 입술을 비쭉 내밀었다.

"스카에서 릴스 찍으면 누가 잡아감? 무슨무슨 법 있음? 가자, 송재이."

주아가 킬킬 웃으며 졸랐다. 재이는 얼결에 주아와 준서를 따라 스카이스터디카페로 향했다. 원래는 성균관고시원이 있던 자리였는데, 재이가 고등학교에 입학할 쯤 업종이 바뀌었다. 그래서 카페 천장을 올려다보면 고시원이 있던 시절 칸막이를 쳐 방을 만들었던 흔적이 보였다. 재이는 손가락을 들어 거뭇한 판자 자국의 두께를 재보았다. 아무리 넓게 쳐도 1센티가 안 될 것 같았다. 테이블 스무 개 남짓한 카페에 이런 판자 자국이 세 걸음마다 하나씩 보였다.

"여기 우리 고모 시댁이 하던 데야. 터가 안 좋다더니 좀 음습하다, 야."

주아가 키오스크에서 초콜릿라떼를 주문했다.

"왜 터가 안 좋아. 역세권이고 넓은데."

이번엔 준서가 디카페인아이스커피를 주문했다.

"한 10년 전에 고모 시동생이 갑자기 죽었거든. 근데 계속 부모 형제 꿈에 나타나서 자긴 억울하게 살해됐다고, 피를 토하며 운대. 그래서 고시원 팔고 일산으로 이사 갔다 던데."

재이는 아이스커피에 샷을 추가했다. 엄마 몰래 홀짝홀짝 타 마신 믹스커피 때문에 일찌감치 카페인에 중독된 탓이었다.

"소름 끼쳐. 난 귀신 안 믿어."

본 것조차 믿을 수 없는 세상에 살면서 보지도 못한 귀신을 믿기 어려운 재이였다.

"난 귀신, UFO, 지구평평설 다 믿는데. 암튼 그 시동생이 살아 있었으면 우리 산연중 다닐 때 미술 가르쳤을 거래."

키오스크에서 물러난 재이가 주아의 얼굴을 멍하니 바라

봤다. 4회 차 인생의 빌런 성균은 산연중 미술교사였다. 그러잖아도 중학교에 입학할 때 성균을 어떻게 엿 먹일지 궁리하며 잔뜩 긴장했는데 교사 명단에 없었다.

"너네 고모부 이름 뭔데?"

"고성열. 이름 때문에 술만 마시면 고성방가한다고 고모가 환장하겠단다. 근데 또 사람은 좋아."

성균과 이름 끝 자 하나만 달랐다.

"그 시동생, 어떻게 죽었는데?"

"그건 모르지."

준서가 4인석을 잡고 맥북을 꺼냈다. 그러고는 이어폰을 귀에 끼고 인터넷강좌에 접속했다. 주아는 텅 빈 가방을 테이블에 올려놓고 핸드폰에 빠졌다.

"내가 음료 갖고 올게."

재이는 음료 픽업대에 서 인스타그램을 열었다. 10년 전에 죽은 사람의 계정이 살아 있을지 의문이지만 고성균과 산연중 태그를 검색했다. 그러자 예상치 못했던 사람의 계정이 나왔다. 수혁고 장범우 선생이었다.

그는 산연중 고성균 교사 의문사 재수사를 촉구한다는 글을 여섯 번에 거쳐 작성했다. 범우가 쓴 글을 요약하자면, 성균의 시신 부검결과 미량의 메소밀이 검출되었다. 경찰은 학교 급식과 유가족 집에 남은 음식 그리고 학교 앞 좌판에서 팔던 김밥 등을 수거해 정밀 분석했지만 일치하는 성분을 찾지 못했다. 범우는 김밥장수를 용의자로 지목하며 재수사를 촉구했다. 이유는 단순했다. 김밥장수에겐 요양보호사라는 본업이 따로 있다는 사실 하나였다. 직원을 셋이나 고용한 사장님이 새벽같이 김밥을 싸 들고 나와 좌판을 펼친다는 게 말이 되는지 물음표를 스무 개 넘게 붙였다.

"나 엄마네 미용실 잠깐 갔다 올게."

재이는 그길로 스터디카페를 나왔다. 소영을 만나야 했다. 그녀가 범인이라면, 재이가 여덟 살이 될 때까지 두문불출한 이유가 설명되었다. 그리고 자신을 원망하는 재이를 꾸짖을 만도 했다. 재이는 택시를 잡아타고 회전로터리로 향했다.

"로터리 가려면 반대편에서 타야지, 쯧!"

택시기사가 유턴하느라 길을 돌았다.

"아, 입 냄새!"

재이의 톡 쏘는 말에 기사의 눈에 흰자가 커졌다. 꼰대들의 잔소리에 최적화된 반격이었다.

"말 참 예쁘게 한다. 나중에 시아버지한테 그러면 밥상 엎어요."

"자기소개하세요? 그러다 곧 황혼육아하시겠네."

이제 재이는 휘둘리지 않았다. 상대가 상냥하면 자신도

고분했다. 그러나 반대의 경우엔 똑같이 갚아주고야 마는 사람으로 자랐다. 소영 덕분이었다. 재이는 교통카드로 택시비를 지불하고 회전로터리에서 내려 편한자리노인재가센터 앞에 다다랐다. 버티컬 너머에서 긴 형광등이 띄엄띄엄 실내를 밝혔다. 문손잡이를 잡고 당겼지만 잠겨 있었다. 재이가 유리문을 탕탕 두드리며 버티컬 틈새를 엿봤다. 회의실에서 누군가 어른거렸다.

"쌤, 문 좀 열어봐. 나야, 송재이. 나 확인할 게 있어. 쌤!"

회의실 문이 열리고, 자세가 조금 구부정한 여자가 걸어 나왔다. 그녀가 까치발을 들어 잠금장치를 열었다.

"누구세요?"

문을 연 사람은 오십대 중년이었다.

"정소영 쌤 만나러 왔어요. 안에 계시죠?"

재이는 대답을 기다리지 않고 센터에 들어갔다. 책상 세 개와 파티션이 있는 사무실과 반찬 냄새 풍기는 회의실 그리고 마사지대와 휠체어, 보행보조기구가 정리된 창고가 보였다. 회의실에서 텀블러 든 여자가 기웃거리며 걸어 나왔다.

"주인 바뀐 지 오래됐어요. 정 원장님 이제 안 나오세요."

간판만 같을 뿐 주인은 다르다는 얘기를 길지만 다정하게 들려주었다.

"원장님이 얘기하던 그 앤가 보다. 멘토링 해준다는 친구.

기억장애가 있댔지?"

재이가 훌쩍거리자 텀블러 든 여자가 초코하임을 건네며 말을 붙였다.

"아냐, 선생님. 걘 남학생이랬어. 이름이 준…… 뭐라고 그러던걸. 그 친구하고는 계속 연락할 거야. 집을 아니까."

기억장애가 있는 데다 이름이 준으로 시작하는 아이는 준서였다. 재이는 요양보호사들에게 인사를 하고 센터를 나왔다. 그리고 준서에게 전화를 걸었다. 이어폰으로 듣던 음악이 끊긴 준서가 전화를 받았다.

"응, 송재이."

"이준서, 나 정소영 쌤 만나야 해. 지금 로터리야."

"로터리가 어디냐, 그러마."

재이는 핸드폰에서 얼굴을 떼고 비명을 질렀다. 잠깐 사이, 준서가 오토모드로 넘어간 터였다.

"왜 하필 지금 오토모드인데? 내가 어떡해야 해제돼? 몇 대 맞으면 돌아와? 번지점프라도 하러 갈래?"

준서의 기억장애는 아주 뜸하지만 대신 기간이 길어졌다. 이제 준서는 1년에 한 달가량을 오토모드로 지내게 되었다. 큰 사고를 치는 것도 아니고 성적이 밀리지 않으니 엄마인 민경도 포기했다. 준서의 학교 친구들은 그러마, 라는 밈을 열심히 미는 모범생으로 그를 인식했다.

"모르겠다, 그러마."

"주아한테는 배탈 났다 하고 나와. 밑에서 기다릴게."

재이는 택시를 향해 손을 뻗었다. 몇 분 전 재이를 태웠던 택시기사가 사납게 눈을 흘기고 지나쳤다. 결국 어플로 택시를 불러 타고 스터디카페에 내렸을 때 준서는 바닥에 쭈그려 앉아 스프링노트에 뭔가를 끼적거리고 있었다.

"미안, 택시가 안 잡혀서."

재이가 손을 뻗어 준서를 잡고 일으켜 세웠다. 그가 무릎에 올려두었던 노트가 펼친 채 바닥에 떨어졌다. 송재이가 배탈 났다고 거짓말하라고 함, 이라 쓴 한 줄이 재이의 눈에 들어왔다. 준서가 노트를 얼른 집어 가방에 넣으려 했다.

"그 노트, 오토모드 때 쓰는 일기지?"

준서가 게임 〈심즈〉의 NPC처럼 어색한 미소를 지으며 고개를 끄덕거렸다.

"나 읽게 해줄래?"

재이가 노트를 향해 손을 뻗자 준서가 고개를 가로저었다.

"일기 써야 이준서가 편해, 그러마. 하지만 비밀일기는 남한테 보여주지 않아, 그러마."

준서가 가방에 노트를 넣고 지퍼를 잠갔다.

"내가 남이냐? 너랑 나랑 한 세트로 묶인 세월이 18년이야. 안 되겠다. 이준서, 따라와."

재이가 준서를 끌고 간 곳은 만화카페였다. 칸막이와 커튼으로 다락방처럼 꾸민 만화카페에는 진짜 만화를 좋아하는 사람들과 모텔 가기엔 너무 어린 커플들로 나뉘었다. 재이는 한 시간 요금을 계산하고 가장 구석진 자리를 골랐다.

"너 정소영이란 사람 알지? 쓸데없이 꾸물거리면서 그러마 붙이면 네 닌텐도 찾아서 로그아웃시켜버릴 거야."

오토모드의 준서는 거짓말을 못 했다. 그래서 조금 전에도 주아에게 재이가 시킨 거짓말을 곧이곧대로 자백하고 내려온 참이었다.

"알아."

로그아웃이 두려운 준서가 추임새 그러마를 잘라냈다.

"어디서 어떻게 알게 된 사람이야?"

준서는 머리를 긁적이다 가방을 열고 노트를 꺼냈다. 그는 맨 앞장을 펼쳐 소리 내어 읽기 시작했다.

"안녕, 나는 정소영이라고 해. 이준서 정말 근사하게 자랐구나. 지금 기억장애 구간인 거 같다, 그치? 선생님이 노트 하나 선물할 테니까 일기 쓰는 습관 한번 가져볼래? 하고 전단지 뿌리던 할머니가 노트를 줌. 기록은 기억보다 정직하다."

소영은 편한자리노인재가센터 전단을 뿌리다 준서를 발견했다. 반가운 마음에 다가선 그녀는 자신이 일기로 쓰던 노트 몇 장을 뜯어내고 준서에게 건넸다. 기억이 삭제된 구간에서 삶의 중요한 이벤트가 일어나면 정상모드로 돌아왔을 때 수습할 자료가 필요했다. 소영은 재이와 멀어지며 자신의 삶을 기록할 이유를 잃었다. 그래서 필요한 사람에게 물려주기로 결심한 거였다. 오토모드에서는 한없이 수동적인 준서는 소영이 시키는 대로 일기를 적어나갔다.

"할머니는 매번 어디서 만났어?"

재이가 원하는 답은 노트를 몇 장 넘기자 나왔다.

"할머니가 김밥 싸준다고 해서 남선빌라 가동 201호 감. 떡볶이하고 김밥 먹음. 어플로 검사결과 보는 방법 알려달라고 함. 간암이 임파선과 뼈에 전이되었음. 의료보험 없어 치료 안 한다고 함. 김밥 세 줄 싸줌."

눈꺼풀이 툭툭, 빠른 속도로 떨렸다. 재이는 줄곧 자신의 죽음만 걱정해왔다. 그래서 어느 시구처럼 떨어지는 빗방울조차 두려워했다. 그것에 살해되지 않으려고.

"할머니가 자기 만나는 거 송재이한테는 비밀이라고 함. 5만 원 줌."

소영이 먼저 죽는다는 생각은 해본 적이 없었다. 늙고 초라해 보이는 게 신경 쓰였지만, 재이가 살아 있는 한 그녀는 반드시 존재해야 할 듀얼이었다. 그런데 지금 소영은 죽어가고 있었다. 고약한 NPC인 줄 알았던 성균을 제거한 것도 그녀였다. 가상현실이 아니란 증거들이었다.

"지금 그 할머니는 어떤 상태야?"

재이가 갈라지는 목소리를 가다듬고 물었다. 준서가 노트를 여러 장 넘겼다.

"할머니가 핸드폰에서 송재이 사진 보여줌. 89장이나 됨. 얼굴색이 바뀐 건 황달이라고 했음. 심슨 같지 않냐고 물어봄. 몰라서 대답 못 함. 이제 다 괜찮아졌으니 앞으로 오지 말라고 함. 선물로 맥북 줌."

소영은 다양한 방식으로 재이의 사진을 입수했다. 멀찍이서 몰래 촬영할 때도 있었고, 동아리에서 유튜브에 올린 영상 중에 재이의 모습만 캡처하기도 했다. 재이와 친구들, 은혜의 SNS에서 새로운 모습을 발견하면 손뼉을 치며 즐거워했다. 재이가 업로드 했다 지운 사진들조차도 소영의 핸드폰 갤러리에 아카이브 되어 있었다.

"마지막으로 본 게 언젠데?"

눈과 코가 벌게진 재이가 빠근한 목구멍으로 침을 삼켰다.

"지난번 기억장애 때."

지금은 6월이었다. 준서의 기억장애는 작년 7월 한 달간이었다. 1년 가까운 시간이 흘렀다. 그 무렵 삶의 의지를 놓아버릴 만큼 병이 악화되었으니 아직 살아 있을 가능성은 낮았다.

"넌 그 할머니를 왜 계속 만났어?"

재이는 무릎을 세우고 벽걸이휴지를 잔뜩 뽑아 터져 나온 눈물을 닦았다.

"내 기억장애가 생긴 이유를 찾아준다고 했다, 그러마."

소영은 아주 오래전, 자신에게 상담받았던 아이들을 잊지 않았다. 특히 재이의 곁에 있는 준서는 특별했다. 이번 생에 소영은 재이가 아닌 준서를 살뜰히 들여다봤다. 유치원 원장인 민경은 은혜보다 다섯 달 늦게 출산했다. 소영은 준서의 집이 마주 보이는 지대 높은 도로에 캠핑용 의자를 놓고 망원경으로 들여다봤다.

장교인 준서의 아빠는 주말에만 집에 왔다. 그것도 이런저런 핑계로 빼먹다 보면 민경은 한 달에 한두 번밖에 남편 얼굴을 볼 수 없었다. 육아를 독박 쓴 데다 갓 난 준서는 잠이 없었다. 민경의 예민한 신경을 달래주는 건 싱크대에 서서 마시는 맥주와 베란다에서 몰래 피우는 담배밖에 없었다. 준서가 애먹이는 밤이면 아기를 안고 나와 배구공처럼 높이 던지고 받기를 거듭했다. 멀리서 지켜보는 소영의 눈에도 위험한 행동이었다. 취기로 얼굴이 붉어진 민경이 우는 아이를 둥실 띄웠다 아슬아슬하게 잡는 순간마다 소영은 주름진 손으로 비명을 눌렀다. 그러다 돌 무렵, 사고가 발생했다.

"이유가 있었어?"

"내가 많이 아팠던 걸 할머니가 알고 있었다, 그러마. 검사기록 보여주러 백병원 같이 갔어."

베란다 타일로 떨어진 준서는 울지 않았다. 죽은 생선처럼 동그랗게 눈을 뜨고 입에 거품을 물었다. 그제야 술기운이 날아간 민경이 준서를 안고 버티컬을 닫았다. 아무리 기다려도 구급차 소리가 들리지 않았다. 소영은 떨리는 손으로 119에 신고 전화를 걸었다.

"엄마는 내가 서랍장에 기어오르다 바닥에 떨어졌다고 했다, 그러마. 그래서 고장이 난 거다. 늦게 알아서 미안하다, 그러마."

민경에겐 비밀이 생겼다. 술과 담배를 끊었다. 준서의 뇌에 작은 출혈이 생겼지만 곧 흡수되어 깨끗이 나았다. 하지만 발달과 기억장애 후유증이 생겼다. 대학병원과 상담센터를 오가는 동안, 민경은 준서가 나을 수만 있다면 제 몸을 귀신의 제물로 써도 괜찮다고 생각했다. 그러나 죄지은 자에겐 선택지가 없었다. 그게 가장 냉혹한 형벌이었다.

"구원자는 네가 아니었어."

눈물이 티슈를 적히고 맨살로 흘렀다. 재이는 고등학교 3학년이었다. 성인이 되는 만 19세까진 11개월이 남아 있었다. 그 뒤엔 소영의 말대로 마음과 현실이 분리되어 이 반복 지옥을 벗어날지도 몰랐다. 하지만 모든 걸 알아버린 지금, 재이는 온전한 정신으로 11개월을 살아낼 용기가 없었다. 지금까지 생존한 것도 소영이 제 삶을 갈아 바친 덕이었다. 재이는 껍질 잃은 달팽이처럼 세상이 흉포하다 느꼈다.

재이는 부서진 껍질이라도 찾을 심산으로 남선빌라를 찾아갔다. 201호엔 외국인 노동자 셋이 새로 입주해 살고 있었다. 그들은 전에 살던 세입자에 대해 아는 게 없다고 했다. 재이는 남선빌라를 나와 어느새 차오른 눈물을 손등으로 닦아냈다. 그러고 보니 바로 옆에 요한이 살던 아파트가 있었다. 아파트 그늘에 가려 남선빌라는 일조량이 나빴지만, 사시사철 요한과 범우를 바라보기엔 그만이었다.

"혼자 살 땐 수박은 엄두도 못 냈어요. 한 통 사면 절반은 버리게 되니까. 당신이랑 결혼하니, 수박 실컷 먹어서 좋아요."

귀에 익은 목소리였다. 재이가 고개를 돌렸다. 수박 한 통을 품에 안은 범우와 오십대 중반의 소영을 퍽 닮은 통통한 여자가 나란히 걸어왔다. 다른 선택을 해도 취향은 그대로였다.

"수박 때문에 청혼한 거 아녜요?"

여자가 곱게 눈을 흘기며 말했다.

"그것도 틀린 말은 아니고요."

범우가 활짝 웃자 앞니에 씌운 크라운이 반짝거렸다. 숱은 줄고 머리는 완전히 세었지만 포니테일로 묶은 스타일은 달라지지 않았다. 소영은 창밖으로 여자를 봤을 터였다. 한때 사랑했던 남자들이 새로운 여자와 아이의 손을 잡고 가글하듯 요란스레 웃는 이 길을 그녀가 어떻게 버텨냈을지, 감히 상상할 수 없었다. 그래도 그들을 사랑한 걸 후회하지 않는지 묻고 싶었다.

7회 차

어른이 될 수 있을까

재이는 6회 차에 어떻게 죽었는지 기억나지 않았다. 수능을 본 기억이 없으니 아마도 여름과 초겨울 사이에 죽었을 터였다. 지난 3년간 아무리 골몰해도 죽음의 순간은 수정액으로 두껍게 덧발라놓은 것처럼 사라졌다. 그게 얼마나 신경이 쓰였는지, 태어난 순간 우는 것도 잊어 찰싹, 엉덩이를 맞았다.

소영이 어딘가에 살아 있길 바랐지만, 허황되다는 것도 알았다. 그래서 아빠 유진을 더는 들볶지 않게 된 거였다. 그래도 가끔은 소영이 어디로 사라졌을지 궁금했다. 이전 생에 죽었을 테니, 무연고자로 분골되어 어느 화장장 구석진 자리에 놓였을 가능성이 컸다. 하지만 리셋 된 지금, 소영의 분골은 어디에도 존재할 수 없었다. 그녀가 늘 깨어나던 고시원엔 지금 누가 살고 있을까. 순댓국집 부부 사망사건의 유가족을 찾는 형사는 실종자 명단에 정소영이라는 이름을 타이핑 했을지도 몰랐다.

"송재이, 이제 환생 얘기 안 하네? 재미없어졌어?"

재이가 평범한 아기로 살아가기로 결심했을 때 은혜가 물었다.

"내가 그런 얘길 했었나? 하나도 기억이 안 나네."

아무것도 제 힘으로 바꿀 수 없으니 묵묵히 현실을 받아들이는 수밖에 없었다. 재이는 억지로 토마토에 적응하려 노력하는 네 살짜리로 돌아갔다. 더는 이전 생 이야기를 꺼내지 않았고, 되바라지게 어른들의 일에 간섭하는 일도 끊었다. 그러자 부모도 재이의 신들린 전생 얘기를 흐지부지 잊고 살았다. 재이는 적적한 삶에 익숙해지기로 했다. 이미 한글과 숫자, 알파벳을 알면서도 다른 아이들 속도에 맞춰 읽고 써나갔다. 준서는 또래보다 조금 늦되지만 성품이 보드랍고 재이만 보면 얼굴을 붉히며 민경의 치마폭 뒤로 숨었다. 가끔 멍할 때는 있어도 로봇처럼 말하거나 말끝에 그러마, 를 붙이지 않았다. 좋은 의사를 만나 기적적으로 치료되었을지 모른다고 생각했다.

재이는 화단에 심은 방울토마토가 싹이 나고 떡잎이 지고 줄기가 자라는 과정을 지켜보듯 준서를 관찰했다. 가끔 엉뚱한 소리를 해 흠칫 놀라는 일도 있었다. 놀이터에 눈이 소복이 내린 겨울날, 재이가 만든 눈덩이에 이마를 정통으로 맞은 준서가 '친구를 위해서라면 녹아도 괜찮아'라고 말했지만, 〈겨울왕국〉 올라프를 따라 한 것뿐이었다.

"짱구야, 이 상황에 그 말이 맞냐?"

재이는 새로운 눈을 뭉쳐 크게 굴리곤 준서의 머리에 다시 겨냥했다.

"하지 마. 엄마한테 이른다!"

이전 생과 달리 재이는 의도적으로 준서에게 접근하지 않았다. 어쩌다 보니 옆에 있었고, 그러다 보니 친해졌으며, 당연하게도 애칭을 부르고 서로를 그리워하는 사이로 발전했다. 예전보다는 이른 감이 있지만 초등학교 5학년 여름방학부터 둘은 사귀기 시작했다. 기왕 진도를 빨리 뺐으니 주아도 일찍 끌어들이기로 했다. 둘은 주아가 풀방구리 쥐 드나들 듯 자주 가는 실내놀이터를 알아냈다. 트램펄린에서 방방 뛰고 있을 줄 알았던 주아는 에어바운스 미끄럼틀 아래에서 핸드폰을 보고 있었다.

"황주아, 너 안 놀아?"

주아가 보고 있던 건 부모와 강릉에 놀러 가 찍은 동영상이었다. 래시가드에 구명조끼를 입은 주아가 아장아장 물가로 걸어가자 아빠가 번쩍 들어 안고 파도로 돌진했다. 주아 엄마의 웃음소리가 청량했다.

"꺼질래? 나 혼자 있고 싶거든."

남보다 일찍 사춘기를 맞이한 주아는, 한때의 재이처럼 껍질 잃은 달팽이 같았다. 그 애가 몸을 옹송그리고 눈을 치켜떴다.

"혼자 있고 싶은 애가 실내놀이터는 왜 왔냐? 야, 폰 찾고 싶으면 나 잡아봐."

재이는 주아의 핸드폰을 냅다 뺏어 들고 트램펄린 위를 겅둥거렸다. 성난 주아가 그 뒤를 쫓았다. 재이가 준서를 향해 핸드폰을 던졌지만, 당연하게도 받지 못했다. 주아는 핸드폰을 되찾고도 재이를 한 대 쥐어박으려 달려들었다. 땀이 솟아올랐다 상쾌하게 식었다.

셋은 실내놀이터 앞 문방구에서 슬러시를 사 마셨다.

"황주아, 중학교 가서도 우리랑 놀자. 그럼 슬러시 매일 사줄게."

"하아, 찐따들이랑 어울리면 모양 빠지는데."

중학교가 배정되었을 때 재이는 눈을 의심했다. 늘 재이와 주아는 산연중에 배정되었고, 준서만 수혁중이었다. 그런데 이번엔 셋 다 수혁중으로 배정된 거였다. 위치가 편한 건 아니었다. 산연중은 걸어서 5분 거리지만 수혁중은 버스를 타고 다섯 정거장이었다. 주말인데도 화가 난 유진이 교육청에 전화를 걸어 당직자에게 역정을 쏟아냈다. 그러나 인생이 그렇듯, 이미 정해진 일을 수습할 기회는 주어지지 않았다.

셋은 나란히 아이비클럽에서 교복을 맞추고 버스와 자전거로 통학했다. 재이는 이따금 성균이 산연중에 근무하는지 궁금했다. 그가 살아 있다면 소영이 죽어 처치하지 못했단 의미였다.

“너네 고모 시동생이 저 학교 선생 하지 않냐? 예전 성균관고시원 집 아들.”

스쿨버스가 산연중 앞을 지날 때 재이가 옆에 앉은 주아에게 물었다.

“몰라. 고모가 시동생 얘긴 안 하던데? 선생 됐으면 말했을걸. 나도 모르는 시동생 얘길 니가 어떻게 알아?”

성균의 행방은 묘연했다. 명쾌하게 죽었다는 결론을 내릴 수 없었고 살아 있다는 보장도 못 했다. 그러니 소영의 생사도 단정 지을 수 없었다. 스쿨버스는 산연중을 지나 문산역 앞에서 수혁고로 방향을 틀었다. 아직 성균관고시원이 있었다. 재이는 고시원을 볼 때면 소영이 생각나서 늘 고개를 돌렸다. 삶은 점점 더 낯설어졌다. 예상치 못한 과정과 결과를 만들어냈고 재이는 뜻밖의 순간에 울거나 웃거나 속내를 감추느라 마음이 분주했다. 그러는 사이 고입을 준비했고 성균관고시원도 스터디카페가 되었다.

재이는 기숙사형 사립고등학교에 진학했다. 경쟁률이 치열했지만, 이미 여러 생을 통해 기본기가 탄탄히 쌓인 재이에겐 넘을 만한 허들이었다. 재이는 살기 위해 살기를 띠던 이전 생들을 많이 잊었다. 여전히 가족과 친구들은 마음에 비수를 박았지만, 치명적으로 느껴지지 않았다. 고추 타령을 하던 할머니는 은혜에게 너는 딸이 있어 좋겠다고 부러워하다 폐렴으로 죽었다. 은혜는 지금도 너 때문에 산다고 한탄하지만 서울 이모를 만나면 딸 성적을 자랑했다. 너 때문에 죽겠다던 유진은 재이가 한민고에 입학하자 메신저 프로필 사진을 한민고 정문 사진으로 바꿨다. 기다려야 깨닫게 되는 진실도 있고, 뒤늦게 실감하는 행복도 많았다.

“뭘 이런 걸 다 사 오셨어요. 그냥 오셔도 되는 걸. 재이야, 준서랑 준서 어머니 오셨다. 재 짐 싸느라 바빠요.”

민경이 재이의 입학선물로 튤립 구근이 든 화분과 딸기 한 상자를 가져왔다. 재이는 속옷을 담은 지퍼백을 여미다 말고 거실로 향했다. 민경보다 머리 하나는 큰 준서가 눈으로 반겼다.

“재이 좀 봐. 벌써 아가씨 같아. 난 우아한 학 한 마리가 걸어 나오는 줄 알았어.”

민경이 재이의 손을 잡고 애틋하게 쓰다듬었다.

"언니, 걔 살짝만 느슨해져도 살찌는 체질이에요. 빵만 보면 눈이 돌아가서 사다 놓질 못해."

은혜가 딸기를 씻으며 큰 소리로 대답했다.

"이거 네 거야. 나도 한 권 갖고 있어."

준서도 선물을 내밀었다. 그간 둘이 주고받은 메시지를 인쇄해 제본한 뒤 자물쇠를 달아 만든 노트였다.

"흑역사 생성기가 여기 있네?"

밖에선 이름을 부르지만 둘이 주고받는 메시지에선 딸기와 초코라는 애칭으로 부른 탓에 누가 볼까 부끄러운 재이의 뺨이 달아올랐다. 은혜가 딸기 접시를 티테이블 위에 내려놓고 민경과 마주 앉았다.

"우리 준서도 같이 입학했으면 좀 좋을까."

민경이 준서를 흘기며 딸기를 집었다.

"갑자기 화살이 왜 나한테 와?"

준서가 투덜거리며 재이에게 입술을 비쭉거렸다.

"곱게만 키워서 그래. 은혜 씨, 쟤 애기 때 엄청 운 거 생각나지? 재이도 갓난쟁인데, 준서가 울어서 깰까 봐 내가 노심초사했어."

민경이 포크에 딸기 하나를 찍어 재이에게 건넸다.

"그래서 한동안 준서 외할머니가 키워주셨잖아요. 아직

건강하시죠?"

"짱짱해. 나보다 건강하시지."

낯선 정보였다. 재이가 딸기를 내려놓고 준서를 쿡쿡 찔러 방으로 불렀다. 캐리어에 담으려고 꺼내놓은 옷가지로 앉을 자리가 없었다.

"내가 도와줄까?"

준서도 펼쳐놓은 옷을 개려고 손을 뻗었다.

"됐고, 너 진짜 외갓집에서 컸어? 난 왜 기억 안 나지?"

재이는 준서가 조물거리는 후드티를 빼앗고 물었다.

"어, 애기 때. 안양에서 2년쯤? 말한 줄 알았는데."

"정말 울어서 보낸 거야?"

소영이 빠진 이전 생에 비해 설정값이 변한 게 너무 많았다.

"그렇대. 나 태어나고 아빠는 3년이나 고성에서 근무했잖아. 그때 엄마가 많이 힘들었대. 한번은 내가 여덟 시간 계속 울어대니까 베란다에 나가서 던져버릴 뻔했다더라."

민경은 술에 취해 제 몸도 못 가누며 아기를 공중에 던지고 받기를 반복했다. 그때 초인종이 울렸다. 민경은 아무도 없는 척 조용히 기다렸지만 벨은 멈추지 않았다. 패널 화면에는 회색 비니를 머리에 쓴 노인이 발을 구르고 있었다. 민경은 우는 준서를 등으로 옮기고, 현관문을 열었다. 너무 야위어서 나무지팡이처럼 보이는 노인이 합장하듯 손을 모으고 감사하다는 인사를 연발했다. 눈의 결막과 얼굴색이 강황 가루를 풀어놓은 양 샛노란 노인의 모습에 민경은 무서웠다.

"뭐가 감사하세요?"

구걸하는 노인인가 싶어, 민경은 바지 주머니를 뒤졌다. 천 원짜리라도 있으면 쥐여 보낼 심산이었다.

"아직 아무 일도 없어서요."

노인은 앞니 몇 개만 남은 입으로 웃어 보였다.

"제가 지금 현금이 없어요, 할머니."

민경의 말에 노인이 손을 내저었다.

"돈 안 받습니다. 저는 이 집 아드님이 걱정돼서 왔어요."

"아아, 이웃분이시구나. 너무 울죠? 죄송해요."

노인은 고개를 가로저으며 민경 등에 업힌 준서를 바라봤다. 악머구리처럼 울며 몸을 뒤트는 아기의 이목구비를 천천히 훑었다.

"남편은 고성에서 근무하실 테고, 어머니는 휴직 중이시죠?"

"저기요, 그런 걸 다 어떻게 아셨어요? 할머니 누구세요?"

적게 잡아도 구십대로 보이는 파파노인이 해킹을 할 리 만무했지만, 민경은 의심하지 않을 수 없었다.

"그냥 잡귀 들린 땡중이라고 생각하셔도 돼요. 그래도 제 얘기가 틀림없이 맞을 겁니다. 아이는 한 2년만 친정에 맡겨

키우세요. 그때쯤엔 어머님 우울증도 좋아지고, 남편분과도 합가하실 거예요. 어머님과 술담배는 상성이 안 맞으니 당장 끊으세요. 그것만 유념하시면 만사형통입니다."

민경은 눈이 휘둥그레졌다. 땡중인지 무당인지 알 수 없지만, 마치 버선목 뒤집어 보이듯 민경의 말 못 할 고민을 늘어놓으니 놀라지 않을 수 없었다. 그녀는 제대로 복채를 치를 테니 집 안으로 들어오라고 권했다. 그러나 노인은 고맙다는 말만 여러 번 되뇌고 돌아섰다. 민경은 주말에 돌아온 남편에게 안양 친정 이야길 꺼냈다.

"정말 2년 지나고 나도 돌아오고, 아빠도 돌아왔대."

거실에서는 민경과 은혜가 장단 민통선 검문소를 들이받은 중년 남자 얘기로 떠들썩했다.

"술 먹었나 보다. 안 그러면 민간인이 검문소를 왜 들이받았겠어요. 여차하면 총 쏠 거 빤히 알 텐데. 뭐라 그러더래요? 준서 아버지 헌병대 계시잖아요."

"그냥 미친 사람이라던데? 명문대 미대 나와서 산연중학교에 4개월 근무했다는데, 귀신이 보인다고 거품 물고 쓰러져서 관두고 정신병원 들락거렸나 봐. 그날도 할머니 귀신이 목을 조르고, 밥에 약을 타서 먹이려고 해서 도망 나온 거래."

전생을 기억하는 사람은 재이 말고도 더 있었다. 성균이

본 건 귀신이 아니라 자신이 겪은 전생의 마지막 순간이었다. 성균은 혼자 종말 한 뒤 다시 태어나지 못한 채 영원히 끝나지 않는 암흑의 터널에 갇혔다.

"송재이, 너 딴생각하지? 야, 오늘밖에 같이 놀 시간 없어. 빨리 짐 챙기고 영화 보러 가자, 응?"

재이는 정신이 아득해졌다. 소영은 죽지 않고 버텨서 준서를 구해냈다. 그 덕에 기억장애가 생기지 않았으며 상냥하고 명랑한 소년으로 자랐다. 설마 아직 소영이 살아 있어 어디선가 지켜보고 있는 게 아닐까, 생각하자 재이의 심장이 불규칙하게 뛰었다. 심장이 박자를 놓치자, 가슴이 조이듯 아팠고 비명을 지르기도 전에 의식이 끊어졌다. 쓰러진 재이는 자신이 열어놓은 28인치 캐리어에 마치 태아처럼 웅크린 자세로 담겼다.

*

달콤한 냄새에 재이가 정신을 차리고 몸을 일으켰다. 옷가지와 학용품이 너저분한 재이의 방이 아니었다. 몇 번째 생이었던가, 재이가 소영의 머리를 염색해주던 겨울날 베란다였다. 염색제와 중화제를 섞어 만든 염색약이 말라붙어 있었다.

"그날처럼 별이 좋다, 그치?"

재이가 목소리 방향으로 고개를 돌렸다. 처음 만났을 때보다 젊은 모습의 소영이 베란다 유리문을 열고 다가왔다. 극세사 잠옷 차림에 화장기 없는 얼굴이 싱그러웠다. 따뜻한 코코아 두 잔을 든 그녀가 한 잔을 재이에게 건넸다.

"소영 쌤 맞아? 왜 이렇게 젊어졌어?"

촉촉하게 젖은 머리가 탐스럽게 어깨를 덮었다.

"캡틴이 염색해줘서 젊어졌나 봐."

소영이 머그잔을 두 손으로 감싸고 창밖을 바라봤다. 주름 없는 크고 화려한 눈동자에 설경이 비쳤다.

"이건 꿈이구나."

"아마 그럴 거야. 네 세계에서 나는 죽었을 테니까."

소영이 코코아를 한 모금 마셨다. 어렴풋이 느꼈던 소영의 죽음이 실감되었다. 재이는 그녀를 잃고 나서야 세상 모든 슬픔을 이해할 수 있었다. 너무 낡아 내다 버린 애착인형을 그리워하는 아이, 이별이 두려워 차마 마지막 권을 사지 못한 만화책, 어느 날부터인가 찾아오지 않는 길고양이를 위한 사료 같은 것들이었다.

"내 구원자가 쌤이라는 걸 이제야 알았어. 너무 늦게 깨달았어."

재이는 흐느껴 울고 싶었지만, 꿈이어서 그럴까 눈물이

나지 않았다.

"아니, 반대야. 네가 내 구원자였지. 뭔가 대단한 진리를 아는 사람처럼 폼 나게 떠들긴 했지만 사실 확신은 없었어. 정말 하고 싶은 대로 후회 없이 사는 게 정답인지 살아보기 전엔 아무도 모르는 거잖아."

요양병원 둘레길에서, 소영은 재이를 떠나보내고 후회했다. 자신의 말이 재이 생에 어떤 파도를 일으킬지 가늠할 수 없었다. 세상이 친절하지 않으니 싸움닭으로 살다 험한 꼴을 보게 될까 봐 걱정스러웠다. 어린 소녀가 하고 싶은 게 정당성을 벗어난 비행이면 어쩌나 마음을 졸였다. 한 가지에 꽂혀 같은 자리에서 맴돌다 주저앉을 것도 걱정이었다. 그래도 이미 뱉은 말을 담을 수 없었다. 소영은 재이 주변을 맴돌다 준서를 발견했다. 기억장애가 점점 길어지는 준서도 머지않아 자아를 잃기 십상으로 보였다. 도움이 필요한 아이가 재이뿐이 아니란 게 새삼스러웠다.

"정답인지 오답인지 나도 몰라. 6회 차 종말이 기억 안 나거든. 쌤은 내가 어떻게 죽었는지 알지?"

재이는 자신이 손에 든 코코아에서 모락모락 김이 오르지만 잔이 조금도 뜨겁지 않다는 걸 깨달았다. 볕이 좋지만 따뜻하지 않다는 것도, 소영이 곁에 있지만 닿지 않는다는 것도.

"나 때문에 죽었어."

소영이 머그잔을 휘휘 흔든 다음, 재이 앞에 내려놓았다. 찰랑거리는 갈색 액체에 뭔가 반사됐다. 흔들흔들, 거꾸로 바라본 시계추처럼 보였다.

"그게 무슨 말이야? 예전처럼 상냥하게 설명해줘."

시계추가 오른쪽 방향으로 쏠려 움직이지 않았다.

"남선빌라에 다녀간 날, 캡틴은 내 말대로 패턴을 깨보기로 결심한 것 같아. 높은 곳으로 올라갔겠지. 어질어질하고 바람 소리가 들렸어. 정말 머리카락이 휘날렸거든. 그러다 혼잣말을 하더라. 왜 매번 죽임당할 때까지 기다려왔지?"

머그잔에 반사된 무언가는 옥상 난간을 기어올라 두 팔을 펼친 재이였다. 소영이 걱정하던 일이 벌어진 터였다.

"나 자살했구나."

재이는 난간에 서서 지나간 죽음을 하나씩 떠올렸다. 언제나 사고 아니면 타살이었다. 한 번도 죽기를 바란 적이 없었다. 재이에게 생존욕구는 마치 칼로리와 같았다. 친구들이 먹기 위해 산다고 말할 때, 재이는 살기 위해 산다고 생각했다. 재이가 자신의 욕구를 채우느라 안간힘을 다해 발버둥 치는 동안 소영은 조용히 소모되었다. 북서풍이 난간에 선 재이의 몸을 휘감았을 때, 한쪽 발을 들어 올려 중심을 흩뜨렸다. 매번 같은 번호를 찍어 틀리는 문제가 있다면 다른 번호로 바꾸는 게 옳다고 생각했다. 재이는 새로운 답안을 찾아 허공으로 남은 발을 옮겼다. 같은 자리에서 맴돌기 싫어, 다른 자리로 넘어가려고 몸을 던진 거였다.

"맞아, 그랬어. 패턴을 바꾸려고 했어. 거기서 뛰어내리면 다시 태어나지 않을지도 모른다고 생각했어. 나랑 쌤이 같이 그려진 스케치북에서 내 쪽만 찢어내면 뭐가 좀 달라지지 않을까 싶었지. 내가 빠지면 쌤은 다시 젊은 정소영으로 고시원에서 깨어날지도 모르잖아."

반복되는 삶이 지겹기도 했다. 다시 태어나지 않길 바랐고, 이 다람쥐통 같은 세상에서 소영을 밀어내고도 싶었다.

"캡틴, 날 위한 희생을 선택했구나?"

소영의 고운 미간이 구겨졌다.

"아냐, 그때도 쌤보다는 내가 우선이었어. 내 영혼이 자유를 얻어 지구를 떠나는 게 급선무였지. 죽지 않고는 어른이 될 수 없다는 생각이 먼저였던 것 같아. 가여운 우리 소영 쌤 생각은 나중에 했어."

재이는 소영이 부채감을 갖지 않길 바랐다. 뛰어내린 순간은 평화로웠다. 지면에 닿기까지 걸린 몇 초 동안 재이는 거꾸로 흐르는 풍경을 봤다. 언뜻 술 마시고 비틀거리는 이십대 여자를 본 것 같았다. 또 언뜻 법원에서 걸어 나와 눈물을 훔치는 중년 여자를 본 것도 같았다. 장례식장에서 홀로 문상객을 맞는 여자, 수술대 위에 누워 잠든 여자, 계좌 잔액을 확인하고 한숨 쉬는 여자가 스쳐 지나갔다.

"날 가여워하지 마. 지난 여섯 번의 인생 동안 나도 내가 살기 위해 캡틴을 도운 거였어. 이타적인 선택은 준서가 처음이었지. 비로소 어른이 된 기분이었어. 태어나길 잘했다고 생각했지. 그러고 나니 죽음이 상냥하게 노크하더라."

재이도 소영처럼 머그잔을 휘휘 흔들어 제 앞에 내려놓았다. 어쩐지 그래야 할 것 같아 마음이 가는 대로 행동했다. 코코아 표면엔 아무것도 비치지 않았다. 재이, 소영, 하다못해 베란다 천장조차도.

재이가 고개를 들어 소영을 바라봤다. 그녀가 있어야 할 자리엔 어린 시절 세면대 앞에 놓아두었던 파란색 발판만 덩그러니 있었다. 재이는 자신의 손을 들어 올렸다. 분명 손이라 의식되는 곳은 텅 비었다. 손을 통과해 말라비틀어진 염색약 그릇이 보였다.

"쌤."

"캡틴."

"어디 있을 거야?"

"생각보다 아주 가까운 데."

재이는 입술이라 생각되는 무언가를 열어 말했다. 그리고 허공 어디선가 소영의 목소리가 대꾸했다. 불현듯 몸이 서늘해지며 손등이 따끔했다.

"깼네, 깼어. 오빠, 의사가 뭐래?"

응급실이었다. 간호사가 손등에 바늘을 찔러 수액 주사를 놓았다.

"부정맥인데 괜찮을 거래."

군복을 입은 채 달려온 유진이 재이의 머리를 쓰다듬었다.

"너 기절해서 준서가 업고 뛰었어. 여기 내려놓고, 걔도 기절했다, 야."

안도한 은혜가 피식 웃었다. 재이는 수액을 꽂은 보람도 없이 30분 만에 퇴원했다. 당장 내일이 기숙사 입소일이니 준비할 게 많다고 보챘다. 집으로 돌아오는 길, 회전로터리에서 정가네 순댓국집이 시야에 들어왔다.

"저 자리 엄마가 계약했어. 확장 이전하려고. 경매로 나왔는데 계속 유찰돼서 싸게 들어가."

운전하던 은혜가 로터리를 한 바퀴 더 돌며 순댓국집을 재이에게 보여주었다.

"잘됐네."

생각보다 아주 가까운 곳에 소영을 먹이고 재우고 키워낸 흔적이 남아 있었다. 이번엔 재이를 키워낼 자리였다.

"너 어려서 한동안 엉뚱한 소리 할 때 아빠가 몇 번을 와서 들여다봤나 몰라."

"난 하나도 기억 안 난대도."

재이는 끔찍이도 선명한 여섯 번의 전생을 어떻게 지워야 할지 몰라 암담했다. 그러나 대개의 고통은 시간이 해결해줬다. 고통에 익숙해지게 정신이 강화되거나 깨끗이 나아 사라지거나 둘 중 하나였다. 재이는 후자에 속했다.

재이는 기숙사와 룸메이트, 학교생활에 적응하느라 바빠졌다. 즉각적으로 해결해야 할 현실의 문제가 끝이 보이지 않는 계단처럼 펼쳐졌다. 수행평가와 중간고사, 숨을 돌릴 만하면 기말고사가 다가왔다. 두 달에 한 번만 관사로 돌아와 주말을 보낼 수 있었다. 핸드폰 사용도 제한적이라 준서와 연락이 뜸해졌다. 그래서 이따금 핸드폰으로 주고받은 메세지를 읽었다.

— 초코야, 자니?

— 잤지만 안 잤습니다.

— ㅋㅋㅋ

— 딸기는 언제 자?

— 생각이 멈추면

— 무슨 생각을 새벽 2시에 해

— 어떤 사람

— 나?

— 아니, 여자

— 이름이 뭔데?

— 정소영

— 소영아, 우리 딸기 자게 그만 좀 놔줘

— 그 이름 함부로 부르면 안 돼

노트를 넘기던 재이가 멈칫했다. 불과 2년 전에 나눈 대화인데 도통 무슨 얘긴지 기억나지 않았다. 정소영이 누구인지, 왜 그녀 생각에 잠 못 이뤘는지 의아했다. 네 살까지 아주 유별났다는 얘길 부모에게 종종 들었지만 어느 사이엔가 흐릿해졌다. 재이는 부정맥을 겪고 난 다음부터는 인생의 굵직한 순간조차 유튜브에 축약된 영화처럼 띄엄띄엄 생각났다. 소녀에서 어른의 세계로 반 발짝 더 넘어간 재이는 알에서 부화한 잠자리처럼 납작하게 붙어 한 장인 줄 알았던 날개를 둘로 펼쳤다. 그러고는 어떻게 자신이 하늘을 날 수 있게 된 건지 몰라 당황하는 중이었다.

"정, 소, 영."

재이는 노트를 덮고 정소영, 이라 발음해보았다. 입술이 한 번도 닿지 않고 혀로만 발음할 수 있는 세 음절이었다.

*

재이는 죽지 않고 어른이 되었다.

대학에서 화학을 전공했고, 석사를 마친 다음엔 정유회사에 합격했다. 재이의 삶은 몇 줄로 압축될 만큼 단조로웠다. 또래가 하는 건 뭐든 열심히 따라 했다. 과외 알바, 어학연수, 탈색과 쇼트커트, 발등에 레터링 문신까지. 그리고 세 번의 연애를 거쳐 서른여섯 살에 결혼했다. 상대는 같은 회사의 비정규직 동료였다. 시부모는 아들보다 학벌 좋고 연봉 높은 며느리가 아주 탐탁하진 않았다. 상견례 자리에선 나중에 늬들 애 낳아도 우린 못 키워준다, 라고 힘주어 말했다.

재이와 남편 사이에는 아이가 생기지 않았다. 마흔이 넘도록 손주를 보지 못한 시부모는 낳기만 하면 다 키워준다며 보채기 시작했다. 남편은 정규직 전환에서 탈락하며 중소기업으로 이직했다. 그는 서울 변두리에 반전세 아파트에 살면서도 BMW에서 나온 SUV를 사자고 졸랐다. 아이가 태어날 테니 넓은 차가 필요하다는 말에 재이도 솔깃했다. 둘은 아파트를 장만하려던 계획을 수정해 차부터 바꿨다. 그 뒤로 차가 말썽을 부릴 때마다 재이는 남편을 원망하고 추궁했다. 정비소에 들어갔다 나오면 기백만 원이 우습게 깨지니 속에서 천불이 났다. 이럴 줄 알았으면 상견례 자리에서 박차고 나올걸, 후회스러웠다.

부부 사이는 소원했지만 난임클리닉엔 열심히 다녔다. 재이는 남들이 하는 건 다 해보고 싶었고, 그런 노력이라도 해야 표준범위에 수렴한다고 생각했다. 재이는 쇼핑몰에서 임신테스트기를 뭉텅이로 사들였다. 그리고 월경이 하루만 지연돼도 테스트기를 소변에 적셨다.

그날 재이는 꼿꼿하게 선 유두를 만지며 고개를 갸웃거렸다. 예상일보다 월경이 이틀이나 밀렸는데 팬티가 깨끗했다. 주말 아침, 욕실로 살금살금 들어가 변기에 앉았다. 임신테스트기를 다리 사이에 넣고 아랫배에 힘을 주었다. 또로록, 소변이 나오며 손가락에 튀었다. 세면대 위에 테스트기를 놓고 따뜻한 물로 손을 닦았다.

"나도 출산휴가 한번 써보자. 와라 와라 와라!"

재이는 두 손 모아 기도를 하고 임신테스트기를 들어 올렸다. 냉정한 한 줄이었다.

"이번에도 꽝이네?"

그 순간, 기시감이 들었다. 어디선가 이 장면을 본 것만 같았다. 변기에 앉아 임신테스트기를 적시는 자신을 제삼자의 시선으로 똑똑히 바라본 기억이 있었다. 당혹스러운 마음에 테스트기를 던져버리고 다시 침대로 기어들어갔다. 그러나 기시감은 잊을 만하면 한 번씩 재이를 놀라게 했다. 때론 캡틴, 이라 부르는 선명한 환청도 들었다. 영화나 드라마와 헷갈린 게 아닐까 싶었지만, 냄새나 촉감까지 생생한 순간을 겪을 때면 솜털이 곤두서고 소름이 돋았다.

"분명히 경험하신 거예요."

재이는 심리상담센터를 찾았다. 기시감을 느끼는 순간이 잦아지자 신경이 날카로워졌다.

"아뇨, 전혀 경험한 일이 아네요. 확실해요."

정소영심리상담센터 센터장 정소영은 우아한 눈썹산을 들썩 올렸다, 이해한다는 표정으로 누그러뜨렸다.

"우리가 모든 순간을 인지하는 건 아니에요. 뇌는 편집을 잘해요. 익숙하거나 대수롭지 않은 상황은 과감히 삭제하죠. 지나치듯 본 뉴스, 거울에 비친 내 얼굴, 오다가다 본 사람이나 흘려들은 이야기에 저장공간을 안 주는 거예요."

"이상하게 들리시겠지만……. 사실요, 전 선생님 성함도 굉장히 익숙해요. 분명 잘 알고 지낸 사람 이름이거든요. 누군진 모르겠지만요."

심리상담사인 정소영은 재이의 기억 너머의 정소영이 아니었다. 하지만 구글에 심리상담센터를 검색했을 때 정소영심리상담센터 이름을 보자마자 홀린 듯 찾아온 터였다.

"흔한 이름이잖아요. 제 대학원 동기도 정소영이었거든요. 그래서 지도교수님이 늘 큰 소영, 작은 소영이라고 부르셨죠."

정소영이라는 말이 정소영의 입에서 나오자 재이는 왠인지 눈시울이 뜨거워졌다.

"그럼, 그 정소영 씨도 심리상담 하시겠네요?"

맥락이 어긋난 질문이었지만, 재이는 정소영이 어떤 사람인지 궁금했다.

"글쎄요, 아마도 그럴 겁니다. 자, 이제 송재이 씨 자신에게 집중해보죠. 지금 안고 있는 문제부터 하나씩 살필 거예요. 가장 재이 씨를 불편하게 만드는 상황이 뭔지 떠올려볼까요."

너무 많아 헤아리기 어려웠다. 동료가 집들이에 초대하면 마흔이 넘도록 내 집 한 칸 없는 처지가 불편했다. 위층 아기가 다다다 뛰어다니면 그 집 부부보다 재이네 부부가 더 나이가 많다는 현실이 한심스러웠다. 시숙네가 코인으로 크게 수익을 내 제주도에 펜션을 짓곤 자꾸 놀러 오라는 것도 싫었다. 유방암 수술을 한 은혜가 일찍 죽고 싶다고 노래를 하는 것도 괴로웠고, 유진이 늦은 나이에 라인댄스를 배우러 다니는 것도 아니꼬웠다.

"뭐 하나 딱 집어 말하기 어렵네요, 문제는 저한테 있나 봐요. 욕심을 내려놔야 하는데 쉽지 않아요."

재이는 차마 아무도 미워할 수 없어, 자신을 원망하기에 이르렀다. 이 모든 게 재이 자신의 욕심과 기질에서 비롯되었다고 생각하니 상담이 무슨 소용인가 싶었다.

정소영은 안경을 벗고 의자에서 일어서 상담실 한편에 세워놓은 책장으로 향했다. 그녀는 자신의 어린 시절 가족사진과 애완견 액자 뒤에서 손바닥만 한 제본 한 권을 꺼냈다.

"아까 잠깐 얘기했던 정소영 씨가 쓴 거예요. 어느 날 저희 집 우편함에 꽂혀 있었죠. 필요하면 얼마든지 써도 좋다는 메모와 같이요."

정소영이 표지도 없이 스테이플러로 제본한 스무 장 남짓한 책을 건넸다.

"심리학서나 교재는 아니에요. 상담일지라고 보면 되겠어요. 모든 내담자에게 드리는 건 아니에요. 특별히 착한 분께만 드려요. 착한 사람들은 외부의 문제도 자신을 원망하며 우울감을 느낀다고 거기 적혀 있거든요."

정소영이 맑게 웃었다. 그녀의 말에 재이는 얼른 첫 장 서문을 펼쳤다.

> 앞으로의 이야기는 소녀 J의 상담기다.
>
> 소녀 J는 눈썰미가 좋고 화술이 뛰어나지만 대중 앞에 주목받을 만한 행동은 하지 않는다. 문제가 발생했을 때 사건의 요인을 내부에서 찾는 경향이 짙다. 자신에게 엄격하고 타인에겐 관대하다. 눈치가 빨라 상황 변화를 쉽게 알아차리다 보니 쉽게 주눅이 든다. 자신의 감정보다 타인이 받아들이는 태도를 중요시하며 인정욕구가 강하다. 상담자가 소녀 J의 이름을 특정하지 않는 것은 상

당수의 여아들이 이와 유사한 성향을 갖기 때문이다. 소녀 J는 상담자 본인이기도 하며, 이 상담기를 읽는 당신의 유년일 가능성이 높다. 답을 찾으려고 마지막 장부터 읽을 필요는 없다. 소녀 J들은 답을 알고도 외면할 뿐, 충분히 영리하다. 그래도 확인하고 싶다면 지금부터 소녀 J들의 표준인 진짜 소녀 J의 성장을 지켜볼 필요가 있다.

한때 소녀 J였던 재이의 손이 떨렸다. 긴 시간이 흘러 어른이 되었다고 생각했지만, 자신 안의 소녀 J는 한 뼘도 자라지 않았다. 뭔가 잘못되었다는 걸 깨달은 순간 고개를 숙이면 과거에 유기한 소녀 J가 나타나 눈을 맞추었다. 소녀 J의 얼굴은 어린 날 재이였다가 지금의 재이였다가 중년의 재이 그리고 노년의 재이로 변검술하듯 바뀌었다. 여섯 개의 익숙하고도 낯선 얼굴들이 하나씩 떠올랐다 까무룩 사라졌다.

'캡틴, 앞으로도 살아남아야 해.'

재이는 누군가의 목소리에 퍼뜩 고개를 들었다. 정소영이 매끄러운 티슈 한 장을 건넸다. 재이는 다시 한번 기시감을 느꼈다. 익숙한 체취를 맡은 것도 같았다.

작가의 말

아마 스무 살, 어쩌면 스물한두 살 때였을 거다. 서울로 통학하며 하루에 두 개씩 알바를 하던 시절이었다. 매일 이삼백 장의 연극포스터를 붙이고, 고깃집에서 불판을 닦으며 푼돈을 벌었다. 운이 좋으면 식당 귀퉁이에서 저녁을 얻어먹었고, 그렇지 않은 날에는 자정 넘어 집에 돌아와 허기가 리셋 되길 바라며 잠들었다. 그럼에도 그 시절은 내게 따뜻하게 기억된다. 지호 덕분이었다.

막차를 타고 돌아온 몹시 추운 밤이었다. 살그머니 씻고 방으로 들어가려던 때, 동생 방문이 열렸다. 언니, 이거 먹어. 여덟 살 터울의 지호는 유부초밥이 담긴 스티로폼 도시락을 건넸다. 어디서 사 왔어? 또와분식. 나는 왜라고 물었다. 왜 이런 추운 밤에 솜점퍼 차림의 어린아이가 으슥한 골목길을 걸었냐고 야단칠 생각이었다.

언니 배고프잖아. 지호는 내가 늘 배고파 보인다고 했다. 그도 그럴 게 나는 아빠만큼 일찍 나가 늦게 돌아오는 사람이었다. 주말에도 도서관에 처박히거나 방문을 걸어 잠그고 뭔가를 읽거나 끼적이는 일로 바빴다. 그 애가 볼 때마다 나는 해쓱한 얼굴이었다. 벼르고 별러 지호는 유부초밥을 사 왔다. 언니가 배고프지 않게 잠들길 바라며. 왜인지 늦저녁에 사 온 유부초밥은 자정이 넘은 시간까지 식지 않았다. 기이한 일이었다.

비슷한 경험이 한 번 더 있었다. 이번엔 동생이 겪은 일이었다. 지호가 스무 살, 어쩌면 스물한두 살 때였다. 고질적인 편도선염으로 고생하다 입원한 이튿날이었다. 역시나 몹시 추운 날이었고, 혼자 병실에 누워 있었다고 했다. 적적하다 느낄 쯤 할머니가 문병을 왔다.

얘, 일어나서 복숭아 좀 먹어봐.

전날 밤 할머니는 입원한 손녀에게 뭐가 먹고 싶은지 물었고, 지호는 대수롭지 않게 복숭아라고 대답했다. 나중에야 한겨울에 시골 노인이 복숭아를 구할 길이 없다는 걸 깨달았다. 하지만 할머니는 여봐란듯이 어른 주먹 두 개만 한 복숭아를 꺼냈다. 이디선가 과도를 빌려 칼날로 살살 껍질을 벗겨냈다. 손을 타고 맑은 과즙이 뚝뚝 떨어졌단다. 할머니는 플라스틱 접시에 복숭아를 알뜰히 베어 예쁘게 올렸다. 목이 퉁퉁 부어 겨우 물이나 한두 모금 마시던 동생은 앉은 자리에서 복숭아를 다 해치우고 거뜬히 나았다. 지금으로부터 20년 전이니 파주에는 백화점커녕 홈플러스도 없던 시절의 일이었다.

작지만 분명한 기적들이 나를 키웠다. 시련과 좌절에서 번번이 나를 일으켜 세운 건 한때 소녀였던 J들이었다. 나도 누군가에게 J가 되길 바라며 글을 마친다. 사랑하는 지호, 지희, 지유, 정은, 자매 미화 그리고 세상 수많은 J들에게.

강지영

2024년 8월

죽지 않고 어른이 되는 법

초판 1쇄 발행 2024년 9월 5일

지은이 강지영

펴낸이 안병현 김상훈
본부장 이승은 **총괄** 박동옥 **편집장** 박윤희
책임편집 김정은 **디자인** 서윤하
마케팅 신대섭 배태욱 김수연 김하은 **제작** 조화연
2차저작권 관리 권정은

펴낸곳 주식회사 교보문고
등록 제406-2008-000090호(2008년 12월 5일)
주소 경기도 파주시 문발로 249
전화 대표전화 1544-1900 **주문** 02)3156-3665 **팩스** 0502)987-5725

ISBN 979-11-7061-180-6 (03810)
책값은 표지에 있습니다.

• '북다'는 기존 질서에 얽매임 없이 다양하게 변주된 책을 만드는 종합 출판 브랜드입니다.